集英社オレンジ文庫

虹を蹴る

せひらあやみ

JN259074

本書は書き下ろしです。

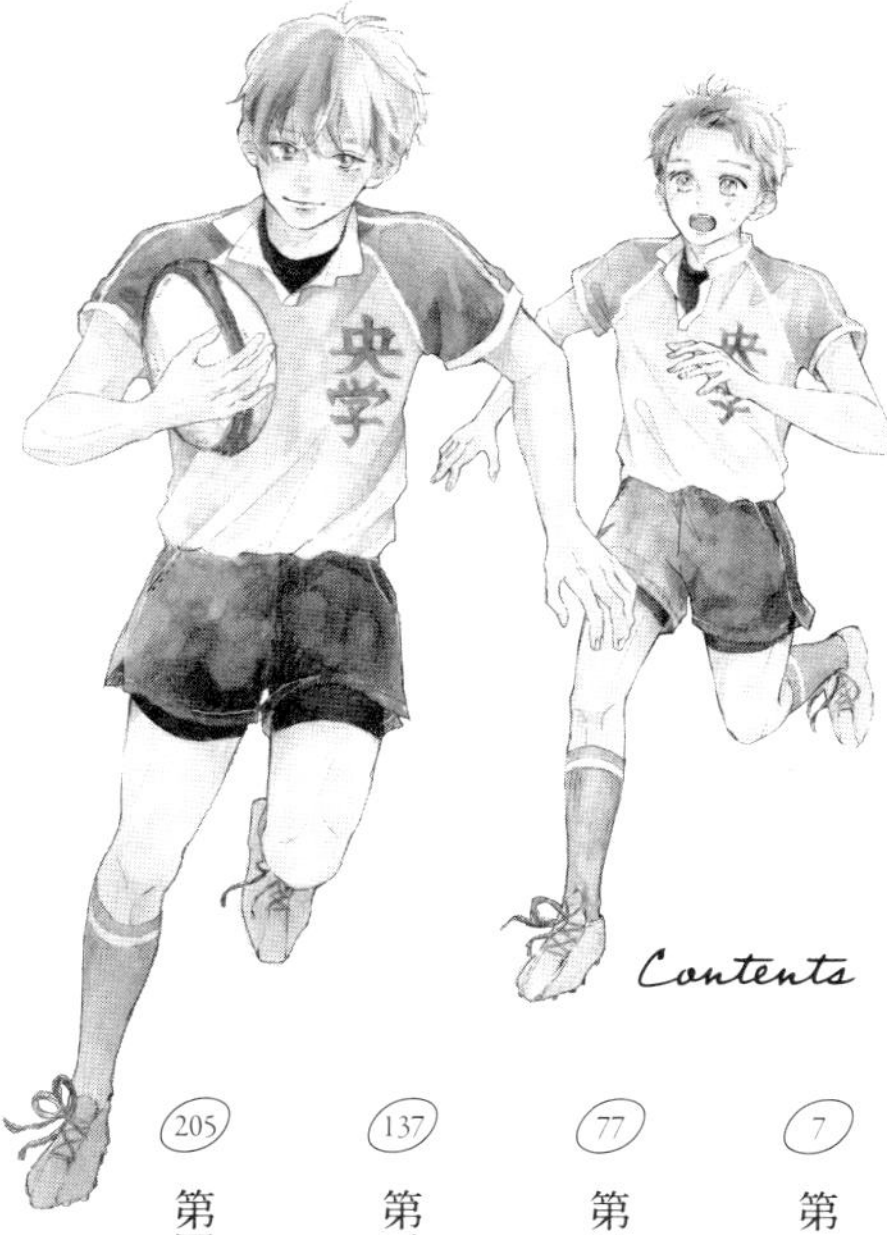

Contents

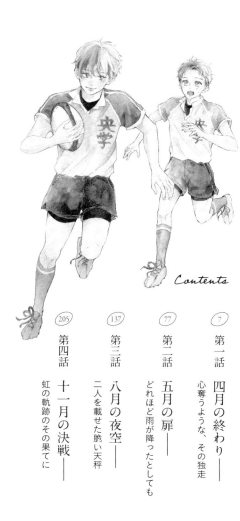

イラスト／花恵ヨシ

虹を蹴る

To the blue sky, *Rugby Ball* makes a large arc.

第一話

四月の終わり――

心奪うような、その独走

青空のかなたへ向けて、楕円形《だえんけい》のラグビーボールが大きな弧を描いていく。大地の縛《しば》りを振り払うその美しく力強い軌跡が、まるで虹のように見えた。あの虹の向こうには、いったいなにがあるのだろう。

グラウンドに立つ両チームの十五人とともに、瑞希《みずき》は息を呑《の》んでボールの軌道を見つめた。白虹寮《しろにじりょう》の寮母になった半年前までは、ラグビーを観たことすらなかった。それなのに今は、ボールから目を離すことができない。あのボールには、――央学《おうがく》ラグビー部のすべてが詰まっているのだ。

その報《しら》せを山田瑞希《やまだみずき》が受けたのは、起きぬけのことだった。

「……あっ、あの、山田瑞希さんのお電話でよろしかったでしょうか?」それは、こんな電話から始まった。久しぶりに電源を入れた携帯に入った着信だった。「自分、鮎沢康《あゆさわヤスシ》という者なんですが。カントクとミヨコサンには、いつもお世話になっておりまして」

「はぁ……」

その時、瑞希の頭はまだ、夢と現実を行ったり来たりしていた。

そもそも、電話に出ること自体が久しぶりだった。同棲《どうせい》までしていた恋人に捨てられ、さらには派遣切りにまであって無職となったのは、一か月ほど前のことだ。元恋人の部屋に厄介《やっかい》になったまま、瑞希はずっと引きこもり生活を続けている。逃避から現実へと帰ってきたばかりの頭が、男の声にこんがらがった。アユサワなんていう名前は、記憶にない。でも、この男が言う『カントク』と『ミヨコサン』には心当たりがある。瑞希の両親だ。

「緊急なんです。実は、今朝ミヨコサンが倒れて、病院に入院することになりまして」

「えっ」

「病院は、市立……」

「あっ、ちょっと待ってください」やっと、これはなにかまずいことが起きたと気がつく。瑞希は急いで筆記用具を探し出し、男が告げる病院の名前をメモに取った。「わかりました。すぐ行きます。あの、母は大丈夫なんでしょうか」

「意識はハッキリしてますし、たぶん。でも、できれば急いでください。ミヨコサン、心細いみたいだから」

「わかりました」

すぐに電話を切って、瑞希は急いで身支度《みじたく》をするために鏡と化粧《けしょう》ポーチを探した。ふと目を落とすと、ジェルネイルの下の地爪が伸び切って、酷《ひど》く無残だった。

病院に駆けつけてみると、やけに幸せそうな病床の美代子《みよこ》と遭遇《そうぐう》することとなった。

「ああ、瑞希ちゃん。こっちこっち」

久しぶりに聞く柔らかな声で、美代子が娘を呼ぶ。案外元気そうなその顔に、瑞希はホッと肩の力が抜けた。

「お母さん！　どうしたの、心配しちゃったよ。いきなり電話もらって……」

「ごめんねえ、たいしたことはなかったんだけど。急に連絡がいってびっくりしたでしょう」

わたしのことはいいから。喉元《のどもと》まで出たその言葉が、一瞬にしてどこかへ吹っ飛んだ。ベッドを仕切るカーテンの向こうに、朴訥《ぼくとつ》とした焦げ茶色の無骨な男がいたからだ。

「……おう、瑞希」

父だ。山田勝男《やまだカツオ》。そんな名前のくせに、国民的アニメの長男坊のような要領の良さなど微塵《みじん》もない。瑞希の疎遠《そえん》の父である。面倒くさいと、まずそう思った。向こうもそう思っているのは間違いない。

「元気にやってんのか」

「まあね」

会話、終了。それ以上話すこともなく、気まずいまま、カツオは病室を出ていった。

カツオと瑞希は、昔からとにかく相性が悪い。好きなものも嫌いなものも正反対だし、性格もペースも会話もなにもかもが合わない。用さえなければ会いたくない人間。それが、瑞希にとっての父だった。

「もう、久しぶりに会ったっていうのにその態度」唇を尖らせ、母が瑞希を怒る。「お父さんだって、お母さんが倒れたのを見てびっくりしちゃって大変だったのよ。先生が大袈《おおげ》裟《さ》に心配してくれたからなんだけど」

「ふーん。先生って、アユサワ？」

「そう、鮎沢ヤスシ先生。ラグビー部の顧問《こもん》の先生なのよ。監督を尊敬してて、ずいぶん熱心で……」

「へえ、そう」

カツオは、高校ラグビー部の監督を長年務めている。才能に溢《あふ》れ、高校時代は期待のラグビー選手として数々の伝説を作ったらしいが、怪我《けが》に泣いて本人の意図よりずっと早くに引退。その後はコーチとしてラグビー界へ復帰し、後進の育成に力を注いだ。つまり、カツオの人生はラグビー一色だ。カツオを尊敬してラグビー部寮の寮母まで務めている美代子は、高校での呼び方の癖《くせ》を引きずって、たまに娘の前でも夫を監督と呼ぶ。

だが、瑞希は、父を尊敬したことは一度たりともない。産声《うぶごえ》に対して『なんだ、女か』という返答を受けた瞬間から、父との確執は始まる。息子に夢を託して一流ラグビー選手に育てたかったという父は、一人娘に対しても己と同じ高みを目指すことを求め、髪を伸ばすことを禁じ、スポーツへの激しい取り組みを厳命した。

一方の瑞希は、もちろん反発する。今から思えばたいして好きだったわけでもないだろうが、中学卒業と同時に髪を伸ばせるだけ伸ばして明るく染め、ファッションやメイクに傾倒してアルバイトに駆けずりまわり、買い物に命を懸《か》けた青春だった。ラグビーどころか、スポーツ全般に縁がない人生だ。

高校くらいまではカツオとも激しい衝突があったが、そのうち諦めたのだろう。カツオは瑞希から目を逸《そ》らし、瑞希はカツオなどなきものと考え、父娘は同じ家の別の世界で生きるようになった。そして、就職するなりとっとと家を飛び出し、——現在に至る。

「相変わらず、お父さんはラグビー一本槍《いっぽんやり》なんだ」

「でも、お父さんもずいぶん変わったのよ。あのね、瑞希ちゃん。最近はヤスシ先生も頑張ってるし、お父さん、先生にラグビー部をしばらく任せてもいいんじゃないかって言ってるの」

「へええ。あのお父さんが？」

変われば変わるものだ。カツオにとってラグビーは、文字通り家族よりも大切で、人生そのものであり、命であり、魂ですらあった。その父が、他人にラグビーを任せるなんて。

「だからね、お父さん、お母さんの療養に付き合ってくれるっていうのよ」勝手な夫《カツオ》をこの世で一番支えている物好きな美代子が、嬉しそうにそう言う。「お医者さんも、入院じゃなくてもいいって。ほら、お父さんとお母さん、新婚旅行もゆっくりしてないでしょ？　だから、そういうのも兼ねて、ちょうどいいかなって」

「ええ？　ちょっと待ってよ、お母さん。本気で言ってる？　そんなの、やめといた方がいいよ。療養どころか、逆にお父さんの面倒見なきゃいけないじゃん。お父さんは、家事なんか一つもできないんだから」

「お父さん、本当に変わったのよ。最近は料理も洗濯《せんたく》も自分でやるようになったし。だから、自分が頑張って、お母さんを休ませたいって言ってくれてるの。それでさ」美代子が、甘えるように瑞希の手を取る。「お父さんの代わりは先生がいるからなんとかなると思うんだけど、お母さんの方はそうもいかないのよね」

「？」

首を傾《かし》げた瑞希に、満面の笑みで美代子はこう告げた。

「別にたいしたことはしないんだよ。寮生もみんな優しいし、重いものとかは運んでくれるし、慣れればホント、たいしたことない仕事ばっかりなのよ。でも、大人が一人はいないと、さすがに子供たちだけで何か月もはねえ。だから、お母さんの代わりに瑞希ちゃんにお願いしたいの。――寮母のお仕事」

都内から電車で延々数時間もかかる僻地《へきち》に位置する私立央虹《おうこう》学院高校ラグビー部の白虹寮に瑞希が立つことになるのは、この六日後のことだった。

「来るんじゃなかった……」

美代子が不在の間に寮の廊下《ろうか》に溜め込まれた大量のゴミを処理しながら、瑞希はそう嘆《なげ》いた。

あの後、一転して険しい顔つきになった母に、二十九歳にして住所不定無職となった身の上を取り沙汰《ざた》された瑞希は、激流に呑み込まれるようにして寮母代役に駆り出されることとなった。カツオと久しぶりにゆっくりできると喜ぶ母の笑顔を目の当《ま》たりにし、とうとう美代子の懇願《こんがん》を断ることができなかったのだ。

世間はゴールデンウィークの真っただ中だというのに、――最悪である。

こみ上げてくる吐き気を堪《こら》えて顔を上げると、ふいに、ゴミを山のように溜め込んだ犯人たちの一人と目が合った。

「あ……」瑞希は思わずマスクを取った。「お疲れ様です。えーっと……」

「如月《きさらぎ》です。如月龍之介《りゅうのすけ》」

瑞希にそう頭を下げたのは、『央学闘球部』という刺繍《ししゅう》の入ったジャージを着た男子高生だった。

闘球と書いてラグビーと読む。その事実を、瑞希は央学に来て初めて知った。いやに物々《ものもの》しい当て字だが、スポーツ音痴《おんち》の瑞希からしてみると、ラグビーが格闘技と球技のどちらに寄っているのかすら定かではない。

「ごめん、そうだったね。如月君」昨日も聞いたラグビー部一年生の名前をすっかり忘れていたことを苦笑でごまかし、瑞希はこう続けた。「もうラグビー部の午前練習終わったんだ」

「ええ」

瑞希は案外背が高い。公称するところ、百六十八センチ。つまり、現実はもう二センチ乃至《ないし》三センチは高い。この龍之介は瑞希と同じくらいの身長だった。刈り込んだ短い髪さえ見なければ、色白で人懐っこそうな顔立ちは、なんだか女の子みたいだ。

すると、その龍之介に続くように、また央学ラグビー部員がこの白虹寮へと帰ってきた。

「お疲れーっす。……あれ、誰？」日焼けした顔が、瑞希を見てちょっと驚く。どうやら、白虹寮へやってきたばかりの瑞希の存在をすっかり忘れ去っていたようだ。「……あー、山田監督のお嬢さんか。どうも、ご苦労さんです」

そう挨拶《あいさつ》した男子の顔を見て、瑞希も少々驚いた。こんな子いたっけ？　なかなか整った顔立ちの持ち主である。自分の半分くらいしか生きていない高校生に使っていい形容かどうかはわからないが、いわゆるイケメンだ。背も高いし顔も小さくて、かなりモテそうなタイプに見えた。眉毛《まゆげ》の整い方には、威圧感すら覚える。いかにも、スクールカースト上位。しかし、その男子は、すぐに龍之介に目を移した。

「龍之介、おまえまたヤスシにこの人の手伝い頼まれたの？」

「違うよ、逸哉《いつや》。俺もちょうど帰ってきたところだから」

瑞希も、逸哉と呼ばれたラグビー部員に目だけで頷《うなず》く。するとその間にも、続々とラグビー部員たちが集まってきた。ちょうど昼食の時間である。上にも横にも体格の大きな部員たちが、一様に瑞希を見て戸惑う。

「あ、えっと、どうも……」

どこか躊躇《ためら》いがちに先頭の男子に頭を下げられ、瑞希も困った。

えーと、きみは誰だっけ？　確か、央学ラグビー部の部長を務めていると顧問に紹介されたような。しかし、Tシャツ姿の彼の名前を瑞希はどうしても思い出せなかった。

続いて、部長らしき少年の横っちょにいた上級生らしき大柄な少年も頭を下げてきた。

「ご苦労さんです。えーと……、山田監督のお嬢さん」

ごめん、きみの名前もわからない。だけど、ラッキーなことにこっちは部の練習着を着ていて、ちゃんとネームが入っている。結城真斗《ゆうきまなと》だって。……あ、まずい。十秒後には忘れてしまいそうだ。

彼らのあとにも次々と控えめな挨拶が波紋のように上がっていき、そして途絶えた。体育会系とは思えない甚《はなは》だささやかな挨拶ではあるが、これがこの央学ラグビー部の定番スタイルなのだ。あの厳格な父が指導していた割りに、ずいぶん覇気《はき》のない部である。それとも、父の狙いに反して——ということだろうか？　それならば、瑞希にも物凄《ものすご》く気持ちはわかる。まあ、高校生にもなって中年のオッサンの道楽になんか、まともに付き合っていられないだろう。

すると、男子高生たちの後ろから、ひょいっと上下白のジャージを着込んだ若い男が顔を覗《のぞ》かせた。髪をツーブロックに刈り上げ、胸にはホイッスルが下がっている。絵に描いたような体育教師のこの男は、あの日瑞希に電話で母の急変を知らせてきた鮎沢康だ。

「あー、どうもどうも！　さっそくありがとうございます、瑞希さん」

ラグビー部員を合わせたよりも大きな声で、鮎沢がそう叫ぶ。ちなみにこの男、生徒たちには『案ずるより産むがヤスシ』または縮めて『ヤスシ』と呼ばれているようである。長いあだ名だと思ったら、本人の持ち物らしき複数のラグビー教本に、自筆らしきまったく同じ記名があった。つまりは、本人自称のニックネームである。

その『案ずるより産むがヤスシ』が、部員たちに向かってこう続けた。

「おまえら声が小さいぞ！　瑞希さんの前だからって緊張しなくていいんだぞ。もっとちゃんと挨拶しないか！」

緊張？　そうなの？

首を傾げてラグビー部員を見たが、誰も彼もが瑞希からもヤスシからも微妙に目を逸らしている。限りなく空気は冷めて白けていた。それを気にするでもなく、ヤスシはこう続けた。

「すんませんねえ。せっかく瑞希さんがわざわざヘルプに来てくださったっていうのに、こいつらはどうも引っ込み思案で……。ガタイはこんなに大きいのにね！　ほら、おまえらもさっさとゴミ捨て手伝えっての」悪びれた様子のない笑みを浮かべ、ヤスシはいやに熱心な口調でこう続けた。「美代子さん、料理の作りすぎで腱鞘炎《けんしょうえん》を長患《ながわずら》いしていて……。ずいぶん辛《つら》そうで心配だったんですけど、瑞希さんのおかげで休養がとれてよかったですよ。最近は山田監督も美代子さんを手伝ったりして、二人は自分にとっては理想の夫婦って感じです。自分、山田監督に憧れてるんです。指導者としても、人間としても、とても素晴らしい方で」

「はぁ……」

微妙な反応の瑞希に気付かず、ヤスシは瑞希の用意した料理が並ぶ食堂へ颯爽《さっそう》と消えていった。ゴミ捨て手伝いましょうか？　の一言もなく。さすがは、カツオを尊敬する男である。瑞希は、げんなりと肩を落とした。


その日も、山のようにある買い置きの食材を運んでもらいながら、瑞希は龍之介にこう言った。

「ラグビー部の練習もあるのに、わたしの手伝いまでしてもらっちゃってごめんね」

「いいんですよ。気にしないでください」

いやにあっさりしている。だが、あの寮生たちの態度を見れば納得ではある。さすがに素直にそうとは言えず、瑞希はフォローでもするようにこう言った。

「けど、ラグビーの練習って、ハードなんじゃない？　疲れてるでしょ」

「人それぞれかな。まあ、俺なんか、そんなたいした練習ができるわけでもないっすから」

「えっ？」

瑞希は、思わずまじまじと龍之介を見てしまった。ちょっと詰まってから、瑞希はとぼけた振りをした。

「……そうなの？　でも、まだ一年生なんでしょ」

けれど、瑞希の躊躇《ちゅうちょ》はしっかり気取られてしまったようで、龍之介は頭を掻《か》いた。

「そうですけど。でも、えーと。あの、山田監督のお嬢さんも……」

「あ……、瑞希でいいよ」

少し考え、瑞希はそう言った。『山田監督のお嬢さん』じゃ呼び名としては長すぎるし、そもそもお嬢さんなんていう歳《とし》や育ちじゃない。かといって、『山田さん』じゃ、ラグビー部の関係者に少なくとも三人はいる。なら、名前で呼んでもらう他ない。龍之介は頷いて、こう続けた。

「わかりました。あの、瑞希さんもたぶん思ったでしょ？　俺みたいなのが、なんでラグビーやってるんだって」

「え？」

またも瑞希は目を瞬いた。龍之介は、瑞希からしてみると、かなり接しやすい部類の男子だ。それは、他の寮生と比べてというだけではなく、彼が――中性的というか、女の子みたいな顔をしているからだ。

「瑞希さん、監督からなにか聞いてたりしないんですか？」

その問いに、瑞希は慌てて首を振った。

「そうなんだ。ホントになんも？」瑞希が頷くと、龍之介は少し自嘲《じちょう》気味に笑った。「俺ね、実は中学からラグビーやってるんです。でも、ちっともパッとしないし、もちろん期待なんかかけられるわけでもないし。結局、中学の三年間で一回しか試合には出られませんでした。けど、央学には、どっかの運動部には所属しなきゃいけないっていう暗黙のルールがあるんです。実質校則ですよ」

龍之介の説明によると、この央学はあらゆる運動部を全国レベルに引き上げ、かつ勉学でもトップクラスの進学校を目指すという方針の下に運営されているらしい。クラスは学力順に分けられ、数ある運動部の多くが目覚《めざ》ましい成績を残しているそうだ。各地から優秀な生徒たちが寮にどんどん集まっているのもあってか、学校内の運動施設は日々充実していっているとのことだった。

「まあ、ラグビー自体は競技としては大変なんだろうけど。それでも、央学《ウチ》の部活ではラクな方なんですよ。だから、この部に入ったんです」

「そっか……。そうなんだ」

かつては、央学ラグビー部といえば全国大会の常連だったらしい。しかし、カツオの指導力不足が原因なのかどうか、最近は凋落《ちょうらく》の一途をたどっており、県予選の決勝にも残れていないそうだ。

瑞希は、この話をどうとらえるべきか考え込んだ。口調はずいぶん軽くはある。だけど、ここは大人として励《はげ》ますべきだろうか？　でも、なんと言えばいいのか。迷った挙句《あげく》、親身に瑞希を手伝ってくれている龍之介をちょっと不憫《ふびん》に感じて、瑞希はこう言った。

「……だけどさ。やっぱり、やってみなければわからないこともあるんじゃない？」

「え？」

「ごめん、わたし、ラグビーってたいして知らないんだけど。でも、頑張って練習してもちっとも上達しないってことはないんじゃないかな。わかんないけど。ほら、如月君っていつも手伝ってくれて親切だし、そういうところってプレイにも生きてくるんじゃないかと……」

なんだか凄く恥ずかしい薄っぺらな励ましだ。しかも、予防線満載。だけど、他に適当な言葉も見つからない。龍之介も、苦笑して頷いた。

「そうかもしれないですね。ありがとうございます、瑞希さん」

瑞希の内心もしっかりわかっているであろうに、龍之介は笑顔でこの場を収めた。

その絶妙な間の取り方に、瑞希は気がついた。この龍之介という男の子は、優しい子なのだ。そして、絵に描いたようなお人好しで、空気が読める。たぶんちょっと、読めすぎるくらいに。

すると、開きっ放しの食堂のドアを、誰かが叩いた。

「――おい、龍之介。ここにいたのかよ」顔を上げると、それは例のイケメンラグビー部員だった。確か、逸哉とかいったか。練習着には、榊野《さかきの》逸哉とネームが入っている。「部屋でショウヘイが呼んでたから、行ってきて」

「おう、わかった。それじゃ、瑞希さん、また」

龍之介が去って瑞希が立ち上がると、残った逸哉と目が合った。

「あの、――山田監督のお嬢さん」

「はい。あ、瑞希でいいですよ」

「じゃ、瑞希」

「はい。……はい？」

瑞希は顔を引きつらせて固まった。ひとまわりも年上の女を呼び捨て？　いくら高校生とはいえ、生意気にもほどがある。そう思っていると、逸哉はニヤッと笑った。

「冗談っすよ。つか、思ってること顔に出しすぎじゃないっすか、瑞希さん」

その小馬鹿にしたような口調に、完全に舐《な》められているのがわかった。ムッとして、瑞希は顔をしかめた。

「……別に、わたしはただの寮母代理ですし。特にいい顔するつもりもないですから」

「そうなんですか。だったら、余計なこと言わないでもらえます？」

「は？」

「だから、龍之介みたいな奴に。よく簡単にああいうこと言えますね」

「え……？」

少し考えて、瑞希は眉をひそめた。龍之介に、瑞希はなにか変なことを言っただろうか？　龍之介は気さくで話しやすくて、結構楽しく会話できた気でいた。もちろん瑞希だって気を遣ったし、相手は高校生《こども》だ。嫌な思いをさせないように振る舞ったつもりである。

すると、わざとらしく逸哉は大きなため息を吐いた。

「励ますようなこと、言ってたでしょ。龍之介《あいつ》が親切だってのは認めるけど、それだけでそんな簡単にラグビーなんか上手《うま》くなるわけないじゃないっすか。適当なこと言うの、やめてくださいよ。ま、そんなの龍之介だってわかってるだろうけど」

「え……。それは……」

確かにさっきのは適当もいいところだった。でも、龍之介にあんなことを言われて、『そうだよね、きみみたいな子には無理だよね』なんて、言えるわけがない。瑞希は、龍之介のためというよりは自分がなにか言い返したいという気持ちだけで、思わず逸哉にこう言った。

「……そんなの、やってみなければわからないじゃないですか」

「そりゃそうですけど。でも、正直なところ、そうは思ってないでしょ」

「そんなこと……」

瑞希は、返答に詰まってしまった。女の子みたいな顔をしている、気さくで親切な高校生。その龍之介が、闘球なんていう漢字を当てられるスポーツの花形選手になれるとは、どう考えても思えない。

「ほら、やっぱりね。つーか、瑞希さんって、聞いてた通りホントになんも考えてないんですね」

「……？　なんのことですか」

「だって、美代子さんがよく瑞希さんのこと話してましたから」

「は……？」母の美代子が？「な、なにを……？」

「さあ。——三十目前で七年物の彼氏に振られた上にここに来るまで住所不定無職だった話とか？」

「!?」

瑞希は内心でぎゃふんと言った。この逸哉の言った通りである。大学四年生の頃に付き合い始めて同棲までしていた奴に、瑞希はつい一か月ほど前に生ゴミのようにポイッと捨てられたのだ。さらには同じタイミングで派遣切りに遭い、瑞希は二十九歳にして、同棲していた元恋人宅の一角を不当占拠する住所不定無職の身となった。しかしまさか、その不肖《ふしょう》の事実を身内によって他人に暴露されていようとは。

やられた。長いこと離れて暮らしていたので、すっかり忘れていた。瑞希の母である美代子は、恐ろしいほどのスピーカー女なのだった。まわりに知られたくない瑞希の秘密も、平気でベラベラ喋《しゃべ》ってまわる。だが、まさか瑞希には縁もゆかりもない高校生相手にもこんな恥ずかしい遍歴《へんれき》を触れまわっていようとは。

「ま、そういうのはどうでもいいですけど。でも、なんもわかってないくせに、無責任に期待を持たせるようなことを部員に言わないでくださいね」

「……」

「じゃ、用はこれだけなんで。そうだ、今夜の夕食くらいはまともな飯《めし》を作ってもらえます？　寮母さんの仕事なんですから」

「え？」

「あんたの作る飯、適当すぎだってもう結構な評判ですよ。これ以上手ェ抜かないでください ね。ここ辞めたら無職に逆戻りなんだからさ」

また意地悪く笑って、逸哉はとっとと瑞希に背を向けて去ってしまった。

――なんて腹立たしい奴なのだろう。あまりの憤《いきどお》りに、瑞希は大きく眉根を寄せた。

言うに事欠いて、『わかってない』だと？　失礼極まりない男子高生の言葉が妙に耳に残り、瑞希は顔をしかめて唇を噛《か》んだ。榊野逸哉とかいったか。なんて腹立たしいクソガキだろう。どうしてあの親切な龍之介が、あんな性悪《しょうわる》と友達なんかやっているのだろうか。

しかし、ムカつく高校生のことは、すぐに頭から消えた。代わりに現れたのは、うっかり七年も付き合ってしまった元恋人の顔だった。

『瑞希はなんにもわかってない』。そうだ。あいつも、別れ際、『わかってない』って言いやがったんだ。若い女に乗り換えるなんていう理由で、七年も付き合った女をフランクに捨てたくせに――男の言うワカッテナイと、女の言うワカッテナイは、根本的に違う。

だけど、あいつは勝手だけれども、瑞希だって付き合っている間はワガママ放題だったから、こうなったのもしょうがないとも思う。遅かれ早かれ、いや、思いっきり遅すぎるけど、これは避けられない結末だったのだ。

後悔《こうかい》と反省と憤怒《ふんぬ》にキリキリしながらまな板に包丁を叩きつけるように調理をしていると、すぐにも夕食の時間になった。寮生のために食事を作っているだけで一日が終わる。こんな場所で、日々をどうやって生きていけばいいのだろうか。リフォームを終えたばかりだという白虹寮が、案外綺麗《きれい》なのが唯一の救いだった。しかし、そもそもの施工料《せこうりょう》をケチったらしく、壁はやたらと薄いのが玉《たま》に瑕《きず》だが。

とても室内に籠《こ》もっていられなくて外に出てみると、部長を務める少年とかち合った。お、今度は部の練習着を着ている。へえ、部長君の名前は笹野啓太《ささのけいた》か。その啓太がちょっと目を瞬き、瑞希にこう訊いてきた。

「どうも。なんか用ですか。龍之介、呼んできますけど」

「いや、特に」

本当に用なんかない、この場所には。怪訝《けげん》そうに去っていく啓太の背中を、瑞希は目を細めて見送った。

玄関エントランスの裏手にある大通りを挟んだ先に、央学の校舎はあった。他の部寮や運動施設なども、周囲に点在している。央学は、標高数百メートルほどの小さな山のふもとに佇《たたず》む高校なのだ。そばには、民家もちらほら建っている。ラグビーグラウンドは、目の前の斜面をずっと進んだ先にあった。

初夏の日差しは底抜けに陽気で、酷く美しかった。木々の緑は日々その濃さを増し、薫《くん》風《ぷう》は鼻を心地よくくすぐる。避暑にも良さそうだし、気持ちのいい土地ではある。

が、暮らすとなると、感想は変わる。

「……今すぐ帰りたい……」

この央学に来るにあたってバッサリ切った頼りない髪の毛先を、瑞希はくしゃくしゃと撫《な》でた。……でも、帰る家なんか、どこにもないのだ。


瑞希が大皿料理をテーブルに並べていると、続々と寮生たちが夕食の準備に集まってきた。それも、一年生ばかり。緩《ゆる》い部ではあるが、そこは体育会系だ。上下関係は厳然として存在するらしい。先輩方のためにテーブルを拭いたり配膳《はいぜん》をするのは、一年生の仕事みたいだ。その一年生たちが、瑞希に声をかけてきた。

「お疲れーっす。ねえねえ、瑞希さん！」

「瑞希さんって、いつまで央学《ウチ》で寮母やってくれんですか？」

「えっ？」

思わず、瑞希は目を瞬いた。彼らは、龍之介や逸哉とは違って、数を頼りに瑞希と距離を詰めてくる感じだった。でも、思いがけずフレンドリーではある。顧問の姿が見えないのもあるのかもしれない。身を乗り出すような質問に、瑞希はちょっと首を傾げた。ここはとりあえずやっぱり、大人の対応？

「ええと……、お母さんが良くなるまでかな」

「そうなんだー、ガッカリだな。長く続けて欲しかったのに」

「なんで？」

「だって、瑞希さんの方が若いし！　ねえねえ、瑞希さん、妹とかいないの？」なるほど、それが狙いか。「お願い、誰か紹介してよー。こんな僻地《へきち》の男子校だし、出会い全然ねえの。三年間絶望決定だよ、俺ら可哀想《かわいそう》でしょ!?」

「あー、どうせ紹介してくれんなら、俺は妹の友達がいーなあ」

わらわら集まってきた一年生の最後尾で、逸哉が意地悪くそう言ってくる。一瞬にして、瑞希の愛想笑いが固まった。またおまえか、榊野逸哉め！　いい加減イラっときている瑞希に気づいた様子もなく、一年生たちがこう言い募《つの》った。

「ね、瑞希さん、どうなんですか!?」

「いやいや、高校生に紹介する当てなんかないって。あ、凄《すつご》い年上でもいいなら別だけど」

「え、マジ!?　んじゃ、もしかして、瑞希さんも高校生ってアリ!?」と声を上げる笑顔が、なんとも言えずわざとらしい。うん、完全にお世辞《せじ》。おだてて良い気分にさせてあわよくば女の伝手《つて》を引っ張りたいって、顔に書いてある。「どうなんすか、瑞希さん！」

瑞希は空笑《からわら》いをして手刀を振った。

「アハハ、ないない、ないです。ていうか、こう見えてわたしにだって、ちゃんと、彼氏が。

……」

とでも騙《かた》っておこうと思ったところで、ピタリと止まる。そうだ。こいつらも、美代子のスピーカーを聞いている可能性がある。

すると、瑞希の顔色を見た逸哉がこう言ってきた。

「いないでしょ、彼氏は。振られたばっかりなんだから。あ、それとも脳内の話っすか」

……高校生に本気の殺意を覚える日がこようとは、思わなかった。


「はぁ……」

いまひとつだと評判の手料理の残飯を片付け、瑞希は息をついた。

食堂の片隅には、インコのケージが置いてある。ちょっと覗《のぞ》いてみると、愛らしいインコが瑞希が替えてやった水を美味《おい》しそうに飲んでいた。ケージの目立つところに、美代子の筆跡で『ラグ男《お》』という央学ラグビー部由来と思われるなんの捻《ひね》りもない名前が記してあった。

『オハヨー』

「お、喋った。ラグ男、おはよう」

　美代子が教えていたのだろうか。結構発音がいい。インコと戯《たわむ》れて癒《いや》されていると、ラグ男がまた喋った。いわく、『タックルタックル！』。

「タックル？」いきなり格闘技の技名を口にしたインコを見て、瑞希は一瞬首を傾《かし》げた。しかし、すぐにこう合点する。「……ああ、ラグビーにもあるんだっけ。タックル」

　格闘技と同じ技名が存在するとは、本当に荒っぽい球技である。美代子の飼いインコは、得意げにラグビー用語らしき言葉を立て続けに喋った。

『ラック！　モール！　ハンドオフ！　――ドロップキック！』

「……え、ドロップキック？　それって、プロレス技の？」瑞希は止まった。「いやいや。いくら闘球ったって、それはさすがにあり得ないでしょ……」

　……いや、あるのか？　よくよく考えると、ラグビーはタックルも反則ではないスポーツだ。もしかすると、反則なんかないのかもしれない。なんという修羅《しゅら》のスポーツか。

　思わず苦虫《にがむし》を嚙《か》み潰したような顔をしていると、ふいに携帯が鳴った。

『――もしもし、瑞希？　あたしあたし』

「あっ、朝実《あさみ》？　久しぶり、元気にしてた？」

電話口から聞こえた親友の声に、瑞希はパッと笑顔になった。

瑞希と朝実は、オムツの頃からの付き合いだ。朝実は、十代の頃は雑誌の読者モデルまでしていたが、今では四人の子持ちだったりする。最近は、子供たちに『ベイマックスに似ている』なんて言われているらしい。瑞希より人生を先取りしすぎているその朝実が、こちらの近況をこう訊いてきた。

『どう？　おじさんのラグビー部は。寮母の仕事、頑張ってる？』

「んー。まあ、適当にね」

『相変わらず、ラグビーに全然興味なさそうだね』そう笑ったあとで、朝実は瑞希にこう言った。『あ、そうだ。覚えてる？　瑞希、この前婚活パーティー参加したいって言ってたでしょ。探しといてあげたよ、初心者向けのリーズナブルなやつを』

「え？」

『親切な親友に感謝しなさい。もう申し込んじゃったから、忘れずにちゃんと行ってよね』

それだけ言うと、朝実は電話口の向こうの家庭の喧騒《けんそう》に帰っていった。瑞希はあんぐりと顎《あご》を落としたのだった。

「まったく、朝実め……」

　やられた。奴のお節介《せっかい》にも困ったもんだ。白虹寮の屋上に出て、自分の洗濯物《せんたくもの》を干しながら、瑞希は携帯で時間を確認した。わざわざ銀座《ぎんざ》で開催される婚活パーティーなんか申し込んでくれるもんだから、移動だけで往復数時間かかる。

　屋上で瑞希が伸びをしていると、ふいに、ラグビーグラウンドの方から喧騒が聞こえてきた。ラグビーグラウンドは、山の斜面側に位置している。白虹寮の屋上からは、ラグビーグラウンドで寮生たちが練習している様子がちょうどよく見えた。

「……？」

　目を上げると、あの楕円形《だえんけい》のラグビーボールが青空高く舞い上がっていくところであった。

「あっ……。……え？」

　瑞希は呆気《あっけ》に取られた。あんなに高くまで張られたラグビーグラウンドのネットを、ボールは軽々と越えていった。そして、そのまま数軒ある近所の民家の一つに落下する。

　すぐにラグビーグラウンドから、数人が駆け下りてきた。ヤスシに、逸哉や龍之介なんかの一年生もいる。

「――申し訳ございません！　またボールがお宅に落ちてしまいまして……」

　屋上まで聞こえる大声で、ヤスシが叫ぶ。

ヤスシのインターフォン越しの謝罪に、住民らしき男が玄関から怒ったような顔を突き出した。米《こめ》つき飛蝗《バッタ》みたいに、ヤスシはぺこぺこと頭を下げている。もしかして、結構日常茶飯事《さはんじ》なのだろうか。瑞希には、あの高いネットを飛び越えるキックなんか、強風に煽《あお》られでもしない限り蹴《け》ることができないように思えるのだが。

だがしかし、今日は風がない。

瑞希は目を丸くした。

「……ええ？　偶然、じゃなくて？」

こんなプレイが、ラグビーでは可能なのだろうか。それも、高校生に？　とても信じられない。今見たような高く上がるキックを、たとえば試合なんかでは見ることができるのだろうか。本当に出来るなら、……それは凄いことだ。

「……」

ヤスシと近隣住民の会話を屋上に残して、瑞希は室内に戻った。もう準備しないと、親友の計《はか》らいに遅刻してしまう。

「やっぱり遠いなあ……」

電車を無数に乗り継いで、瑞希は久々に都心に舞い戻っていた。雑踏の匂《にお》いが、なんだか無性に懐かしい。

成り行きとはいえ、久々——七年振りに繰り出す出会いの場だ。今日の瑞希は何年か越しにガッチリ化粧《けしょう》をし、その上服装はアンサンブルニットに膝丈スカートというコテコテの安牌《あんパイ》装備で固めていた。しかし、肝心《かんじん》の婚活には、なんだかあんまり気乗りがしない。

そう思ってため息をついていると、瑞希はふと目を止めた。

「……あれ？」

通りすがりに、でかでかとしたラグビーのポスターがずらりと並んでいるのを見かけたのだ。

「ああ……、やっぱりラグビーか」

あんなポスターが街中に貼ってあるなんて、今まで意識したことはなかった。ふと見れば、誰かがポスターの前で嬉しそうに写真を撮っている。

「……」

瑞希はしばし、首を傾げた。

ラグビーって、そんなに魅力的なスポーツなんだろうか？

ようやく日比谷《ひびや》シャンテのほど近くにある目的地まで辿《たど》り着くと、瑞希はビルのフロアをまるまる使ったパーティー会場へと案内された。テーブルに着くと、向かいには同じく結婚適齢期の男性が早々に腰かけてきて、パーティーが始まった。

「……それじゃ、瑞希さんは今、高校で寮母さんをなさってるんですね。大変じゃないですか？」

和《なご》やかにそう訊かれて、瑞希はウェルカムワインを口に含んだ。そして、とりあえず笑顔を浮かべてみる。

「ええ……。まあ、そうですね」

「でも、毎日十人以上の高校生の食事を作っていたら、料理が上手《うま》くなっちゃいそうですね」

「十三人です、十三人」

「あっ、すいません」

まずい。つい訂正《ていせい》してみたら、謝らせてしまった。だって、十人と十三人じゃ全然違う……いやいや、そんなことはどうでもいいんだ。今は、婚活婚活。親友の心配は若干《じゃっかん》面倒だが、確かに結婚に逃げられればそれに越したことはない。でも、結婚か……。

なんだか上手く調子が出なくて、また瑞希はワインを飲んだ。気を取り直して彼のネームプレートを見ると、なかなかの好条件の持ち主だった。だから、ちゃんと話を聞いてもいいのだろうと思うのだが……。

「最近は、どんなことをしてすごしていらっしゃるんですか？」

「えっと……。寮での料理の他はゴミ処理をしたりとか、あとは共有部分を散らかしてないか見まわったりもしてますね、一応」

「大変ですね。でも、こんなに素敵な寮母さんが来てくれて、生徒さんたちも感謝してるでしょう」

「いや、まったくもってそんなことはありませんよ。うちの寮に、感謝なんか感じる子はいないんじゃないかな。毎朝、寝坊とか遅刻とかばっかりで」

白虹寮にも、一応門限がある。だが、抜け出している者もいるらしく、夜間に靴《くつ》の数が合わないことも多々あった。だから寝坊なんかするのだ。

「まあ……。寝る子は育つからなのか、体格だけは立派ですけど」

そう言ってから、瑞希はふと首を傾げた。確かに央学ラグビー部には、かなり体格のいい少年が揃《そろ》っている。持って生まれたものかと思ったが、本当に生まれつきだけであんなに首や肩が大きくなるものだろうか。それとも、ラグビーをやってたら、自然とああいう体になるとか？　ラグビーって、いったいどんなスポーツなんだろう……。

するると、目の前の男が怪訝《けげん》そうな顔をしているのに気づき、慌てて瑞希はこう続けた。

「ホント、参っちゃいますよね。そういうのが今時なのかもしれないけど」

「はあ……」

困ったように、向かいの男が愛想笑いを浮かべている。

なんでだろう。口を衝《つ》いて出るのは、央学ラグビー部の愚痴《ぐち》ばかりであった。考えたくもないと思っていたはずの央学ラグビー部のことが、頭から離れないのだ。

もしかすると、昼に見たグラウンドのネットを越えるほどに高く舞い上がったラグビーボールのせいかもしれない。あの軌道を、もっとちゃんと見てみたかった。でも、なんで？　あんなキックが本当に可能だとは思えないからだろうか。

物事は上手くいかないものである。今日の瑞希の顔面詐欺《さぎ》化粧はまあまあ上手くいったようで、それなりの需要があった。どうしてこう、出会いを求めていない時に限って、縁というものは降って湧いてくるのだろう。婚活の神からの最終警告ではなかろうかと思うほどのご縁をかわして、結局瑞希はなんの収穫もなく会場を後にした。

白虹寮に、帰りたくない。

タクシーを途中で降りて、瑞希は人気《ひとけ》のない夜道をふらふら歩いた。なんという意味のない時間稼《かせ》ぎ。我ながらしょうもない。

缶ビールを片手にアスファルトをヒールで鳴らしていると、ふと通りの向こうから誰かが現れた。蛍光色の刺繍《ししゅう》が見える。うげ、央学闘球部だって。なんだってこんなにも瑞希は、央学ラグビー部と縁深いのだろうか。――現れたのは、またも榊野逸哉であった。逸哉は、瑞希を見てあからさまに顔をしかめた。

「……あれ、あんた瑞希さん？　うわ、化粧濃《こ》っ。どうしたんすか、その顔面は」

まるで顔面に大事故が起きたかのように逸哉に指摘され、瑞希はしまったと思った。男子高校生と寝起きを共にするにあたり、一応マナーとして限りなく女を見せずにすごそうと、化粧にも服にも敢《あ》えて手を抜いていたのだ。それだけにこの気合の入った様を今さら見られるのは恥ずかしいが、相手が逸哉でよかった。こいつなら、アラサーの化粧の有無なんかでガタガタ動揺《どうよう》するほどの可愛《かわい》げなんか持ち合わせてはないだろう。そう思った瑞希の予感は的中して、逸哉は平静な顔に戻ってすぐにもうひとつ嫌みを付け加えてきた。

「なに目当てのどこ狙いなんですか。急に女装とかされても、引くだけなんですけど」

逸哉の生意気な顔を見上げ、瑞希は口を尖らせてこう言い返した。

「いいでしょ、別に。寮母にだって、プライベートくらいあるよ」

「まさか、飲んでるんですか」

「大人ですから」どうせバレているなら構うまいと、瑞希は缶ビールの続きを堂々と飲んだ。「そっちはなに？　こんな時間に出歩いて、不良ですか」

「別に。あんたには関係ないでしょ」

逸哉の反応は素っ気ない。でも、酔っ払いへの対応なんか、こんなもんか。瑞希は、そっぽを向いた逸哉に、軽い気持ちでこう言った。

「どうせグレるんなら、ラグビーでガンガンやっちゃえばいいのに」

「……は？」

　虚を衝かれたような目をした逸哉の表情は、思ったよりも幼かった。しかし、身長は高い。たぶん百八十センチ以上あるだろう。白虹寮に来て唯一よかったことは、自分がのっぽさんなことを忘れられることだ。基本的に白虹寮には、縦にも横にも大きいのが多い。

その逸哉の顔を見上げて、瑞希はこう言った。

「だってさ、ラグビーってタックルにドロップキックまで反則じゃないんでしょ？　もうなんでも有りじゃん」

「……それはボケで言ってるんですよね。つーか、そもそもタックルだってルールはあるし、ドロップキックの方は完全に勘違いしてるでしょ」

「ねえねえちょっと訊きたいんだけど。ラグビーってパンチはありなの？」

ヘラヘラ笑いながら瑞希が訊くと、逸哉は呆《あき》れたように肩をすくめた。

「なし。反則」しかし、すぐにこう言い直す。「……あ、グーはなしだけど、パーならありかも。ハンドオフ」

「うわ、ラグビー半端《はんぱ》ないね。じゃさ、ドロップキックは？　ボール持ってない奴にもやっていいの？」

「いや、ドロップキックってのは、ボール持ってる奴にやるんじゃなくて、ボール持ってる奴がやるんだよ」

「……？」

アルコールにふやけた瑞希の脳内で、アーモンド型のボールを胸に抱えた大男が横殴《よこなぐ》りにジャンプして敵にドロップキックを放った。不自然極まりなく思えるが、こんな攻撃が果たして有効なのだろうか。ちんぷんかんぷんである。

「変な技だね。そんなの、試合中に使えるの？」

「キックオフでは毎回使うけど。まあ、ドロップキックで直接ゴール狙う場合はそんなに難度は軽くないし、失敗したら非難囂々《ひなんごうごう》のスタンドプレイだからね」

「ふーん」

「監督の娘とは思えないな。あんたさ、一個でも知ってるラグビーのルールあんの？」

「ないよ。今まで全然興味なかったもん」

「やる気なさすぎでしょ。なんであんたみたいなのが央学《ウチ》の寮母になんかなったんだか。

……ああ、縁故採用か。綺麗《きれい》ごとばっかり言ってるけど、大人ってホントやることが理不尽だね」

痛いところを衝かれて、瑞希はバツの悪い顔になった。むすっとして、逸哉にこう言い返す。

「……そっちだって、どう見てもやる気ないでしょ。こんな時間まで起きて一人でフラフラしちゃって。普通夜抜け出すのって、友達とやるもんでしょ。もしかしてきみ、部内で浮いてるんじゃないの？」

「別に。メンバーも足りないラグビー部でなんか、俺だって真剣にやってないし」

「そうなの？」

「そうだよ。十五人揃わなきゃ、まともに勝負なんかできっこない」眉をひそめてそう言うと、逸哉はこう続けた。「そんなことよりさ。どうでもいいけど、そんな化粧して男漁《あさ》りしてるとことか見せないでくれる？　そういうの、気持ち悪いから」

「！」

勘付いていたのか。驚いて、瑞希は逸哉を見た。逸哉はさっさと白虹寮に向かって歩き出し、背中で瑞希にこう言った。

「それじゃオヤスミ。やる気のない臨時寮母さん」


翌朝早く、瑞希は布団の中で目を覚ました。玄関から、靴音《くつおと》が聞こえたのだ。部屋はまだ、薄暗い。そういえば、昨日もこの音を聞いた気がする。その前も、その前も。瑞希が白虹寮に来て以来ずっと、誰かが毎朝欠かさず出かけているのだ。いったい、あれは誰なのだろうか。

「うぅっ……、寒っ……」

早朝の冷気にぶるりと震え、瑞希はまた布団の中に潜り込んだ。


再び目覚めると、案《あん》の定酷《じようひど》い二日酔いであった。夢見は最悪で、布団の中にまであの性格の悪い逸哉が追いかけてきて、嫌みを言ってきた。

やる気がない。縁故採用。男漁り。

逸哉が嫌な奴であることは間違いないが、もっと悔《くや》しいのは、あんな子供の言い捨てた皮肉が全部核心を衝いていることであった。

それにしても、どうしてこう逸哉は瑞希に突っかかってくるのだろうか。もしかすると、カツオはよっぽど寮生たちから嫌われていたのかもしれない。だが、理不尽だ。それなら、カツオの敵である瑞希は、むしろ寮生たちの仲間なのに。哀しいかな、みんなでカツオをハブろうぜ、という空気には、一切ならない。

朝食で使った食器を洗っていると、いつものように手伝ってくれている龍之介が瑞希の顔を覗き込んできた。

「今朝は顔色悪いですね。大丈夫ですか、瑞希さん」

「昨日ちょっと夜更かししちゃって」そう答えてから、完全に『瑞希係』と化している可《か》哀想《わいそう》なほどお人好しな龍之介に、ふとこう訊いてみた。「……そういえば、如月君って榊野君と仲が良いよね。もしかして、同じクラスなの？」

「そうですけど。でも、逸哉とはもともと家が近所で、小学生からの付き合いだから」ふーん。瑞希と朝実みたいなもんか——いわゆる親友だ。「だけど、なんでですか」

だって、向こうがやたらと絡んでくるから。そう思ったが、あまりに大人《おとな》気《げ》ない言い分な気がして、瑞希は言葉を呑《の》み込んだ。

「えっと……。榊野君って、ラグビー部でいろいろありそうだから」奥歯に物が詰まったような言い方になってしまった。「如月君は真面目《まじめ》そうだし、二人とも全然違う雰囲気《ふんいき》じゃない？　仲良いのが、……意外っていうか」

言ってから、瑞希はちょっと後悔した。やっぱり、こんなことを訊くべきではなかっただろうか。

しかし、瑞希の言わんとするところを察したのか、合点《がてん》したように龍之介は頷《うなず》いた。

「……そう見えるかもしれないですね。あいつはああいう奴だから、あんまり部活の上下関係とかに迎合しないところがあって。だから先輩から睨《にら》まれたりするのは、昔からといえばまあそうです」

「やっぱり」瑞希は深く納得した。「先輩とか年上とか、関係ないって感じだもんね」

「央学でも、先輩相手に端《はな》っからタメ口ですからね。練習メニューを無視して一年のバックスで、実戦で使えるかもわかんないようなサインプレイの練習とか始めたりするから、ヤスシにもよく怒られてます」

「ヤスシ先生かぁ。体育の先生だし、やっぱり怒ると怖い？」

「そりゃあね。ほら、『ONE《ワン》 FOR《フォー》 ALL《オール》, ALL《オール》 FOR《フォー》 ONE《ワン》』って、聞いたことありません？」

「ああ、あの有名な」国民的アニメの某《ぼう》キャラクターを思い浮かべ、瑞希は頷《うなず》いた。「あれでしょ？　おまえのものは俺のもの、俺のものも……」

「それじゃないです。出典は、アレクサンドル・デュマの三銃士」

そう突っ込まれ、瑞希は首を傾げた。龍之介の口にした英文は、確かに何度か聞いたことがある。少し考え、瑞希は拙《つたな》い英語力で和訳してみた。

「……一人はみんなのために、みんなは一人のために？」

「それは誤訳」

「え？」

「ホントの意味は……。まあいいや。考えといてください」

瑞希がきょとんとすると、龍之介は肩をすくめた。

「だって、ヤスシはその誤訳の方の意味でとらえてるみたいですから。だから、誰かがやらかしてヤスシに怒られたら、即部全体の連帯責任ってわけ。逸哉のせいで練習がさらにキツくなるから、部内で余計に睨《にら》まれてるってのはありますね」

まさに和と輪を乱す大迷惑者である。被害に遭《あ》っていたのは、瑞希だけではなかったということだ。

「央学に入る前からそんな感じなの？」

「でも、これでも今の方がまだマシなんですよ。中学の時は、ラグビー部の監督と喧嘩《けんか》して辞めさせちゃいましたから」

「えっ……。……これで？」

瑞希は、拳を振り上げる仕草をした。けれど、龍之介は首を振った。

「まさか。原因は、チームの司令塔《しれいとう》だった逸哉が、中学の監督の言うことを聞かなかったからです。で、怒った監督に言われたんです。自分はもうなにも教えないし指示もしないから、おまえが本当にチームの司令塔の役目を果たせるっていうなら次やる試合で勝ってみろって。売り言葉に買い言葉で、逸哉もその挑発に乗って。それ、かなり強いチームとの対戦だったんですけどね」

生意気にもほどがある。その中学の監督とやらもずいぶんと大人気《おとなげ》ないが、瑞希は彼の気持ちの方がよくわかった。けれど、顛末《てんまつ》もなんとなく想像がつく気がした。

「……で、結果は？」

「勝ちました」ため息をついて、龍之介は続けた。「そんなことになって、監督なんか続けられるわけないっすよね。当然監督は俺らが止めるのも聞かずに辞めちゃいました。結果的に、チームは事実上の瓦解《がかい》。逸哉は、事情を知った親父《おやじ》さんに思いっきりぶん殴られたらしいけど」

　まるでチームクラッシャーだ。さっきまで逸哉が鼻つまみ者だと聞いて下げていた溜飲《りゅういん》が、急に喉元《のどもと》に戻ってきたような気がした。それにしたって、可哀想なのはその監督である。中学の監督というからには、瑞希のように個人的な恨みを晴らすためにやったわけではあるまい。おそらくは逸哉を成長させるために、高すぎるあの鼻っ柱を折って現実を知らしめようとしたのだろうが――。大人が大人気なく用意した難関ハードルをあっさり打破してしまうとは、なんという少年だろう。

「如月君も一緒にラグビー部に入ってたんでしょ？　大変だったね」

「俺は、別に」

　そう言うと、龍之介は目を伏せた。まあ、迷惑でしたとはさすがに言えないか。そう思ってから、瑞希はちょっと首を傾げた。

「でも……、榊野君って、なんでそんなことしたんだろ」瑞希は、ふと浮かんだ疑問を口にした。「もしかして、ラグビーそんなに好きじゃないのかな」

「それは……、ちょっと鋭いかも」龍之介は、ちらっと瑞希を見た。「あいつは小学生までサッカークラブにも入ってたんです。お父さんの方針だとかで、他にもいろんなスポーツをかじったらしいですけど、サッカークラブだけは中学に入ってからも時々顔を出してたみたいで」

「サッカー？」

瑞希の脳裏《のうり》に、白虹寮の屋上から見たあの高いキックが思い浮かんだ。ボールは違う。しかし、キックはキックだ。

「案外、ラグビーとサッカーって通じるところがあるんですよ。ラグビーは、正式名称をラグビーフットボールっていって、もともとイギリスでサッカーと同じくフットボールから派生した球技なんです。フットボールは手でのボールキャッチはＯＫだったらしいんですけど、獲ったボールをそのまま持って走った奴がいて――」

「足球《フットボール》なのに、ふてえ野郎だな」

「蹴球《フットボール》ですけど。まあ、逸哉の親父さんは生粋《きっすい》のラガーマンだったそうなんだけど」

瑞希の脳裏に、ラガーシャツを着た逸哉似の若作りなオッサンが思い浮かんだ。たぶん、カツオとヤスシを足して二で割ったような暑苦しいお父さんなのだろう。

「逸哉は昔っからスポーツはなにやらせても上手くて、どこ行っても将来有望だとか抜群《ばつぐん》のセンスがあるとか言われて……。でも、サッカーは、他のスポーツの比じゃなかったみたいで、地元じゃ結構話題になって」

龍之介は、気がない様子で皿を拭いている。

「……あいつさ、おんなじ夢を何度も見るんだって」

「夢？」

「うん。ボールを追いかける夢」独り言のように、龍之介は呟《つぶや》いた。「……あいつが追いかけてるボールって、どっちなのかなぁって時々思います。逸哉は、滅多《めった》にキックを使わないから」

瑞希は、直感的にサッカーボールだと思った。ラグビーというと、ボールを追いかけるというより、ボールを持っている選手を追いかけるという表現が正しいように思える。サッカーなら、ボールを足先でドリブルするわけだから、こちらの方がボールを追いかけるという感覚には近いだろう。

「でも、そういうのってなんか変だね。だったら、ラグビー部なんか辞めちゃえばいいのに」

しかし、瑞希の返答に、龍之介はなにも言わなかった。

それにしても、好きでもない適当にやっているスポーツでそこまで成果を上げてしまうとは、なんたる人生イージーモード。挫折《ざせつ》や失敗を経験したことなんか、一度もないに違いない。通りで、大人やら人生やら世間やらを舐《な》めきっているわけだ。本当にいけ好かない高校生である。一刻も早く、誰かにへし折って欲しい。誰のために？　もちろん、瑞希の溜飲を下げるために。

空いた皿を洗い終わって、龍之介は央学のグラウンドへ去っていった。すると、龍之介と入れ替わるように、ヤスシがバタバタと駆け込んできた。

「待った、瑞希さん！　……ああよかった、なんとか朝飯に間に合った」瑞希が片付けかけている朝食の残りを見て図々《ずうずう》しくも嬉しそうにそう言うと、ヤスシは瑞希の両肩を摑《つか》んだ。「ねえ瑞希さん、今日の昼に央学のグラウンドに来ていただけませんか？　対外試合があるんです。相手は、全国大会常連の清大《せいだい》付属ですよ」


央学の校舎から、昼を告げる『Over the rainbow《にじのかなたに》』の美しい旋律が響いていた。

五月に入って、日差しはますます強くなっていた。荷物の底に紛《まぎ》れ込んでいた流行遅れのカンカン帽を引っ張り出して、瑞希は抜けるように晴れ上がった空を見上げた。校内を覆《おお》う生垣《いけがき》には色鮮やかな躑躅《つつじ》が花開き、爽《さわ》やかな初夏を彩《いろど》っている。

強豪校にボコボコにやられる逸哉の姿でも見てやろうという不純極まりない動機で、瑞希はグラウンドに足を踏み入れた。ヤスシを探すと、相手チームの監督たちに挨拶《あいさつ》を終えて戻ってきたところであった。

「お疲れ様です、ヤスシ先生」そう頭を下げてから、瑞希はこう言った。「ラグビーのグラウンドって、大きいんですねえ。端から端までどのくらいあるんですか？」

「うちのはちょうど百メートルですかね。サッカーと似たようなもんですよ」

なるほど、確かにサッカーと同根のスポーツだ。けれど、ヤスシが示した先にあるのは、サッカーゴールではなく、アルファベットのHを描く白いゴールポストだった。

人工芝を踏みしめた瑞希は、目を瞬いて息を呑《の》んだ。

「うわぁ……。凄く気合が入ってますね」

グラウンドでは、紫紺《しこん》と黒の縞《しま》模様のジャージを着込んだ高校生たちが、例のアーモンド型のボールをパスしながら駆けていた。風を切り裂くようなパスが目にも留まらぬ速さで飛び交い、そのたびに大きくかけ声が上がった。練習試合とは思えない、真剣な表情。グラウンドを駆け抜ける少年たち一人一人の放つ気迫が、グラウンドの外に立つ瑞希たちのところにまで張り詰めたような熱気を届けていた。

「あの……。まさかこの子たち、央学ラグビー部ですか」

「いや、よく見て。央学《ウチ》のジャージは水色です」瑞希にそう教え、ヤスシは続けた。「あれが、清盟《せいめい》大付属高校ラグビー部。央学ラグビー部も歴史は古いんで、この時期に彼らと交流試合をする伝統があるんです」

ふと目を移すと、清大付属の反対側で、人員もまばらな水色ジャージがウォーミングアップを始めていた。なんだか、試合前から敵に気後《きおく》れしまっている様子である。清大付属の醸《かも》し出す強豪のオーラのせいで、存在感が限りなく消えていた。

「ああ、本当だ。あっちが央学ですね」いつも通りの面々を見て、なぜだか安心する瑞希である。「でも、なんか元気ないですね、みんな」

「参考までに、清大付属と央学《ウチ》のこれまでの戦績でも訊いときます？」

「いえ、いいです」

瑞希は急いで首を振った。グラウンドから上がっている声の大きさからして、違いすぎる。

それから、ふと逸哉の言葉を思い出した。

「そういえば、央学ってメンバーが足りないんですよね。足りない部員はどうしたんですか？」

「こういう大事な試合がある時は、他の部から部員を借りてくるんですよ。ほら、あいつら、白虹寮の寮生じゃないでしょ？」そう言われても、いまだに寮生の顔と名前をあまり覚えていない瑞希である。それでも一応頷《うなず》くと、ヤスシは続けた。「自分、サッカー部の顧問とは結構仲良くて、いつも協力してもらってるんです。手前が二組の速水恒生《はやみこうせい》で、俺が担任を持ってるクラスの生徒です。で、奥にいるのが五組の鈴木章雄《すずきあきお》。恒生も章雄もいい奴ですよ」

恒生という男子の方が長身で、章雄の方は小柄だが、がっちりとした骨太な体型をしている。二人は、逸哉となにやら話し込んでいるようだ。まさか、サッカー部への転部の相談だろうか。

　しかし、瑞希は首を傾《かし》げた。人数も足りない央学ラグビー部が、こんな強豪を相手に試合をする意味はあるのだろうか。そして、その逆は。瑞希は、その疑問をヤスシにぶつけてみた。

「清大付属って、もしかしなくても央学よりだいぶ格上ですよね」

「どうかな。今日の対戦は、清大付属のCチームとですから」

「C……、え？」

「清大付属くらいの名門になると、部員百人近いのはザラです。今日はAチームとBチームは別のところで練習しているらしいんで、来ているのは一年生中心のチームだそうです」

「はぁ……。つまりは、一年生主体の三軍相手なんですか」

　ライオンはウサギを狩る時も全力を尽くすというが、相手がウサギ以下である場合はまた話も変わるのかもしれない。それでも、清大付属陣営は、監督やジャージ姿のスタッフに加え、立派な三脚を抱えた撮影班にご観覧の保護者までもがズラリと揃っていた。一方、央学側はといえば、瑞希とヤスシのみである。

「でも、彼らも二年後には花園《はなぞの》予選で活躍する可能性の高い選手たちですからね。こうして試合をすることで、得られるものも多いと思いますよ」

「へえ」

あれだけの気迫を放っている彼らも、まだまだヒヨコも同然というわけか。そして、央学はヒヨコ未満の卵ということである。中からなにかが産まれる可能性があるかは不明だが。なんにせよ、瑞希にとっては異世界の話だ。

「それじゃ、花園って？」

「秋に行われる全国大会のことですよ。花園ってのは、ラグビーやってる高校生にとっては聖地みたいなもんです」

というと、高校野球でいう甲子園みたいなものか。しかし、あんなに自信のなさそうな央学ラグビー部では、この清大付属のフレッシュな一年生と挨拶を交わしただけでゴールポストまで吹っ飛ばされてしまうのではないだろうか。始まる前から結果が知れているようにしか思えなかった。体の大きさだけなら、一年生だけの清大付属Cチームよりも、むしろ央学の方が上まわっているのだが。

そう言ってみると、ヤスシは少し神妙な顔をした。

「そうですね。央学《ウチ》のラグビー部も、去年まではもっと覇気《はき》があったんですが……」

しかし、ヤスシはそれ以上続けなかった。不思議に思っていると、瑞希はふと、清大付属の高校一年生たちの中でも特に異質な選手がいることに気がついた。

「……」

瑞希は、思わず目を奪われた。

背は抜きん出て高いわけではない。しかし、集まったギャラリーやチームメイトまでもが、どことなく彼を意識しているのがわかる。一種独特なオーラを放っている彼がただ走るだけで、野次馬が湧いた。指先から足先までを強い意志が支配しているかのような彼の動きを追って、バズーカみたいなカメラを抱えた男が望遠でパシャパシャと撮っていた。

「あの男の子……。有名人なんですか？」

「天城《あまぎ》ですよ。天城圭吾《けいご》。清大付属中学から上がってきた奴で、中学時代はほとんど負けなし。一年生からいきなりレギュラーで、春の大会でも活躍しました」

「はあ……」よくわからないが、凄《すご》い経歴なのだろう。瑞希の感覚からすれば、ラグビーなんてマイナースポーツにしか思えないし、その部に百人近くも所属していること自体驚きだが、どこの世界にもスターはいるということだ。「でも、どうしてその将来有望な彼がCチームに？」

「ねえ、ホントに。本来なら清大付属Aチームのメンバーのはずなんですけど……。調子でも悪いのかな」

こればっかりは、ヤスシにもわからないようだ。瑞希は、ヤスシと一緒になって首を傾げ、これから有名になる可能性大の天城圭吾に握手でもせがみに行くべきかどうか思案し始めた。

やがて、グラウンドで誰よりも目立つ色のジャージを着た審判が笛を吹き、清大付属Cチームとの練習試合が始まった。清大付属が楕円形《だえんけい》のボールを蹴《け》り上げ、央学側が胸で受け取る。それをパスでまわして、また蹴り返す。グラウンドを大きく飛び交うボールを眺めて、ヤスシがこう言った。

「知ってますか？　ラグビーって、前にボールをパスしちゃいけないんですよ」

「へえ、前に……。……は？　じゃあどこにパスを出すんです」瑞希は目を瞬いた。ゴールは前にあるのに、奇妙なルールだ。哲学か、それとも頓知《とんち》的な回答が必要なのだろうか？　一休《いっきゅう》さんに答えを訊かなければならないようなその話に、思わず首を傾げる。「もしかして上ですか？」

「上……は、まあ一応有りですが、敵に詰められるだけで意味もないですし、あんまり見かけないですね。パスを出す方向は、基本は横か後ろです。キックだったら、前に蹴っても大丈夫なんですけどね。要は、ラグビーではボールがいつもチームの最前線にあるということです」

「はぁ……」

「前にパス出しをしたら、スローフォワードの反則です。前にボールを落とすのも駄目。

ノックオンです。ボールが蹴られた時に、キッカーより前に味方がいるとオフサイド。それも反則になります」

「たくさんルールがあるんですね」

「厳密に言うと、ラグビーではルールではなく法律《ロー》というんです。これは、罰するための規則ではなく、選手たちが自ら守るべき規律だという精神から来るものです。ラグビーはとても自由で、しかしチームの十五人一人一人が重い責任を担《にな》うスポーツなんです」

「へえ」

ラグビーには一切興味のない瑞希は、熱いヤスシの解説に生返事を返した。そして、父親が全霊を捧げたスポーツをなんとなく斜に構えて眺めた。

ほぼ初見のラグビーは、瑞希の目にはサッカーとバスケットボールを混ぜたようなスポーツに見えた。天城という期待の一年生が、ボールを持ってどんどん前に走っていく。こういう様《さま》は、バスケットボールに近く見えた。まあ、この程度の大まかなラグビーのイメージならば、テレビやなんかで目にしたことくらいはある。

「……今伺《うかが》ったルールって、どう考えても点が入りにくくするためのものですよね。じゃ、ラグビーって、サッカーみたいにロースコアで勝敗が決まるスポーツなんですか？」

「それが、そうでもない。見ていればわかりますよ」

ヤスシがそう言った瞬間だった。瑞希は目を見開いて息を吞んだ。助《すけ》っ人《と》で来てくれているサッカー部の恒生が蹴ったボールが猛然と前に出てきた清大付属の選手の体にぶつかり、央学側のインゴールに向かって弾き飛ばされたのだ。

「え、今のって?」

「チャージです。ディフェンス側は相手のキックに対してプレッシャーをかけにいっていいんですよ。敵が蹴ったボールを体に当てて止めれば、そのままターンオーバーになりやすい。ターンオーバーってのは、攻守交替のことで……、……あ」

ヤスシが、そこで言葉を止めた。瑞希がグラウンドに目を戻すと、弾き飛ばされて転ったボールを天城圭吾が目を瞠《みは》るような速さで追いかけているところだった。そのまま天城はグラウンドの最後に引かれた白線を越えてボールを捕まえ、地面に押しつけた。央学の選手は、ほとんど棒立ちで天城のナイスプレイを見送っていた。

「トライです」

敵陣インゴール内で地面に着ける《グラウンディング》。それで、トライ五点。トライを決めるとコンバージョンキックの機会が与えられ、キッカーの蹴ったボールがアルファベットのHを描く白いゴールポストの間をうまく通れば、また二点。天城はあっさりとコンバージョンキックを決めた。零《ゼロ》対七まで点差が引き離され、瑞希は目を瞬いた。

「これだけで、もう七点差?」時計を確認すると、まだ試合開始から三分しか経っていない。「あっという間ですね」

「でも、要はワントライワンゴールで同点ですから。響きよりも開いてはいませんよ」

「そうですか……」

ヤスシの解説は、どう考えても下手《へた》なフォローにしか思えなかった。両チームの実力差は明白だ。

しかしすぐにもっと驚くこととなった。

央学がハーフウェイラインから蹴り出したボールを、清大付属がキックで返した瞬間だった。火薬がパッと爆《は》ぜるような鋭い音が、瑞希たちのいる位置にまで響き渡ったのだ。天城の蹴ったキックをキャッチした龍之介が、思いっきり体当たりをかけられ、どっと倒れた。反則だ。そう思った。けれど、誰も試合を止める様子はない。

「えっ……」つい、瑞希は隣のヤスシを見た。もしかして、救急車の出番か。「だ、大丈夫なんですか、如月君。ていうか、今のって反則でしょ。どうして試合が止まらないんですか」

「今のはタックルですよ。タックルはラグビーでは反則じゃないことは知ってるでしょう?」ヤスシは、こともなげに続けた。「ラグビーは激しいスポーツです」

タックルで倒れされた龍之介はまるで蟻《あり》の捕食を受ける瀕死《ひんし》の芋虫《いもむし》みたいに体をうねらせて、敵味方の選手たちの中に紛れて見えなくなった。まさか、食われたか。一瞬、本気でそう思った。しかし、瑞希のアホな疑問を余所《よそ》に、いつの間にかボールがどこかに移って、選手たちもそちらを追いかけていってしまう。

「い、今のはなんですか？　みんなで寄って集《たか》って、倒れた如月君を苛《いじ》めに行ったように見えたんですけど……。そんなに大きいミスだったんですか」

「あれはラック。大丈夫、味方はちゃんと龍之介を助けに行ったんですよ。味方がタックルを食らったら、敵がすぐにボールを奪いに来ます。タックルで倒されたあとはワンプレイしかできませんから、龍之介が出したボールを味方が確保しに行ったんです」

そうこう言っている間にも、またボールを持っていた央学の選手がドーンと吹っ飛ばされた。そして、そのままボールが零《こぼ》れ――、瞬く間に二度目の天城圭吾のトライが決まった。


結果は見えたし、もう帰ろうか。

やっぱり、ラグビーの魅力なんか、そう簡単にわかるものじゃないみたいだ。その後も、清大付属のCチームにいいようにやられ、央学はどんどん突き放されていった。得点板はグラウンドを向いているので瑞希からは見えないが、大差がついていることは間違いなかった。清大付属の応援席は、もう勝利したかのようなムードになっている。

ハーフタイムに入ると、ヤスシは選手たちに指示と叱責《しっせき》を飛ばしていた。でも、それを聞く央学の選手たちは、誰も彼も、ヤスシから視線を逸《そ》らし、時折頷《うなず》いたり、小さな相槌《あいづち》を打つ振りをしてこの練習試合をやり過ごそうとしているように見えた。前半の三十分を動きまわったはずなのに、息を切らしているのなんか一人もいない。

てんでバラバラな動きで、央学の寮生たちはグラウンドに戻っていった。示し合わせたように、みんな目を地面に落としている。対する清大付属Cチームは、とっくに戦闘開始の準備を終えていた。駄目だこりゃ。

人工芝に埋め込んでいた重い腰を、瑞希はよいしょと持ち上げた。後半戦という名の消化試合を帰り際に眺めていると、ふと、グラウンドに立つ逸哉がこちらを見上げた気がした。

「……？」

瑞希が首を傾げていると、味方からパスを受け取った逸哉が、そのボールを大きく蹴り上げた。

「あ……。ドロップキック」ヤスシが、そう呟《つぶや》く。ボールの軌道が高く孤を描き、アルファベットのHの形をした真っ白なゴールポストへと吸い込まれていった。「これで三点。央学初得点です」

「え、ドロップキックって、アレのことなんですか……？」

「そうですけど」不審そうにヤスシが首を傾げた。「ボールを地面に落下《ドロップ》させてから蹴るキックだから、ドロップキック。名前のまんまでしょ。今のはゴール狙いだったけど、得点後の試合再開《キックオフ》では毎回蹴ってましたよ」

「……そう、なんですね」

ヤスシの解説に、瑞希はなんとか頷いた。想像とはだいぶ違うプレイだ。逸哉がやけに呆《あき》れていたわけである。思わず、瑞希はこう言った。

「でも……、敵を避けながらあんなに遠くのゴールにドロップキックを決めちゃうなんて……。榊野君って、凄いんですね」

心ならずも、瑞希は逸哉に感心してしまった。

「ええ、凄いです」そう言ってから、どこか不思議そうにヤスシがこう続けた。「でも、珍しいな。逸哉の奴、普段はあんまりキックを使わないんだけど」

そういえば、龍之介もそんなことを言っていた。でも、今日は、なんで？　思わず足を止めた瑞希の視線の先で、例のラックという密集ができた。

そこから偶然転がったボールを央学側が拾って、チームの一番後ろに構えている逸哉にパスが渡る。

瑞希は、我知らず期待に目を見開いた。またあの冴え渡るようなキックが見られるのだろうか。

しかし、逸哉はキックを蹴らなかった。

受け取ったボールを持って、逸哉は、まるで前半戦の清大付属にやられた攻撃をそのまやり返すように、わざわざ人数の揃っている中央へと切り込んでいった。踵《かかと》を突くような健気《けなげ》な敵の低いタックルを嘲笑《あざわら》うように、軽快なハンドオフで突き倒すと、そのままスピードに乗った逸哉は、広大に広がる無人の敵陣へと一人駆け抜けた。天城の駿足がそれを追うが、初動がわずかに遅い。逸哉はたった数歩で天城をグラウンドに置き去りにした。

果たして、逸哉は何十メートルを独走したのだろうか。その姿は、まるで不思議な燐光《りんこう》を放っているかのようだった。

知らぬ間に、瑞希は逸哉の一挙手一投足《いっきょしゅいっとうそく》に目を奪われていた。いや、瑞希ばかりではない。清大付属の観客席も、なにが起こったかわからないというように呆気《あっけ》に取られ、あれほど明るかった歓声は鳴り止んでいた。

瑞希は急いでヤスシの隣へと戻った。

「あの、今のってどうやって……。あんなに人がいたのに、あそこを抜いていけたんですか」

「隙間《スペース》があったんでしょうね。向こうもちょっとこっちを舐めてましたから、ディフェンスが前半ほどは嚙《か》み合っていなかったのもある。だけど、それを差し引いても目を瞠るものがありました。あいつの視野の広さと勘の鋭さは宝です」

「……」

「今日、逸哉はフルバックで出てるんです。最後尾からグラウンド全体を見渡せるポジションだから、適性はあると思います。けど、本当はスタンドオフをやらせたい」

「スタンドオフっていうと……」

「チームの司令塔《しれいとう》です」

その答えに、瑞希はドキリとした。龍之介が言っていた。彼らの中学のラグビー部を瓦《が》解《かい》させた、傑出《けつしゆつ》しすぎた司令塔《スタンドオフ》。

「でも、逸哉はああいう奴ですから。司令塔になっても、仲間はついてこないでしょう。……なかなか、思うようにいかないものです」

「……」

央学のノロノロとしたスピードに慣れ切っていた清大付属のCチームは、逸哉の速さに反応がついていかなかった。その後も逸哉は天城の激しいマークをかわし、追加トライを決めた。

ゲームの最終結果は五十五対十三。だが、心に残っているのは、量産された清大付属の鮮やかなトライよりも、逸哉のファインプレイだった。聞くつもりのなかった試合終了の笛を耳にした瑞希は、寮生たちのもとへ行こうとするヤスシを思わず呼び止めた。

「あの、ヤスシ先生！」

思いの外《ほか》大きな声が出た。足を止めたヤスシの背中に、瑞希はこう尋ねた。

「……もしかして、榊野君って天才なんですか」

「その言葉、俺は好きじゃないけど」わずかに振り返ったヤスシは、低く続けた。「まあ、その気《け》はありますね。今のところ俺が思うに、──あいつは天才です」


歓声が、今も耳に響いていた。

今日の逸哉にこんな喝采《かっさい》が送られることはなかったというのに、確かに瑞希の耳には、彼の素晴らしいプレイを称《たた》える歓声が聞こえていた。

白虹寮に戻って夕食の準備をしながら、瑞希は逸哉の姿を思い起こした。グラウンドに立っている味方や敵ですらも魅了するようなプレイ。唯一その魔法にかかっていなかったのは、あの天城圭吾くらいのものだろう。逸哉はたった一つのプレイで、まったくラグビーに興味のない瑞希の心をこんなにも強く惹《ひ》きつけてしまった。

逸哉がどうしてラグビーをやめないのか、そして、龍之介がどうして逸哉と友達なのか。その理由が、瑞希にはわかった気がした。本人に自覚があるかどうかはわからないが、逸哉はきっと、ラグビーを愛している。観る者にそれを伝えるだけの力が、今日垣間見《かいまみ》た、冴え渡るような一瞬にすら溢《あふ》れていた。

しかし、いろんなものに邪魔をされて──仲間とか、チーム環境とか、既成概念《きせいがいねん》とか、常識とか、……大人とか？　たぶんそうなんだろう――まっすぐに突き進むことができずにいる。

逸哉は嫌な奴だ。今生じている軋轢《あつれき》は、本人のせいという部分もかなりあるのだろう。心技体でいう心が欠けているということだろうし、人好きのする性格の持ち主ではないのは確かだ。けれど、本当に逸哉は、今のままでいいのだろうか。気が付けば、また瑞希は頭の中で逸哉の姿を追っていた。というか、意識が離せなかった。

いつの間にか、夕暮れを知らせる『Over the rainbow《にじのかなたに》』の旋律が鳴り響いていた。虹の弧を描くようなあの美しいロングキックの彼方《かなた》には、――いったいなにがあるのだろう。いつか、彼は瑞希に、見せてくれることがあるのだろうか。


やがて、後片付けを終えた一年生たちが、ぞろぞろと廊下《ろうか》を通っていった。

「今日さ、ホントに凄かったよな！」

「逸哉の奴、天城に全然負けてねえじゃん。これもしかしてイケんじゃね？　今年とは言わないけどさ、俺らの代になったら……」

「いやいや、それはさすがに無理でしょ」

どこか期待するような、そしてそれを打ち消すような、複雑な感情が入り混じった会話。それを聞いて、我知らず瑞希はこうつぶやいた。

「……どうかな。そんなに無理でもないんじゃない?」

言ってみて、自分でも戸惑う。いやいや、なに言ってんだか、自分。だって、ラグビーとか、一ミリも興味ないでしょ。

……いや、違う。それは嘘だ。今の瑞希は、ラグビーに興味を持ちつつある。逸哉のせいで。

だけど、ちょっと興味を持ったところで、一歩踏み出すのがそんなに簡単なわけはない。そもそも、素人《しろうと》の、それも根性なしの瑞希なんかに、できることがあるはずもない。中途半端に手を出すのは、なにもしないより悪い場合だってあるのだ。それなのに、そう思っているのに、瑞希は何度も脳裏《のうり》でリプレイしてしまうのだ。今日の逸哉を。

「……」

瑞希は、唇を噛《か》み締めて、自分の胸のうちにある衝動を認めた。単純に、瑞希は見てみたいのだ。逸哉という少年がどこまでいけるのかを。

どこか逡巡《しゅんじゅん》するように、瑞希は夕食の調理を続けた。

「……おおっ、凄《すげ》え! 瑞希さん、急にどうしたの!? てか、唐揚げとか作れたんだ!?」

「味噌汁と変な煮物だけしか無理なんだと思ってた!!」

変な、は余計である。そう思ったが、瑞希は勢いで作り上げた唐揚げタワーを見上げた。携帯で調べ上げた、男子高生が好むおかずナンバーワンである。ちょっとだけ頑張ってみようと意気込んでみたら、思いの外《ほか》張り切ってしまったのだ。

なんだか、妙な達成感があった。ちなみに、部員たちが帰ってくるジャストタイミングで揚げ上がった。揚げたての唐揚げを味見してみて、瑞希は至福に頰《ほお》を押さえた。カリカリに揚がった衣に歯を入れた瞬間、じゅっと熱い肉汁が湧き出して、涙が出そうなくらい熱かったけれど、ニンニク醬油《じょうゆ》の味がよく染み込んだ若鶏の味わいが一気に舌に広がり、とても美味《おい》しかった。揚げたては百難隠す。我ながら、今夜の唐揚げの出来栄えはかなり良かった。

「たくさんあるから、好きなだけ食べてね」

ちなみに、山のような唐揚げを作り出すのに夢中で、ご飯は潔《いさぎよ》くただの白米、味噌汁の具はワカメのみという体《てい》たらくである。でも、瑞希にしては、瑞希ごときにしては、よく頑張った。

「いただきまーす」

そう声を出すのは一部だけ。ほとんどのラグビー部員は、控えめすぎる態度で無言で食べて無言で去る。おたまを持って味噌汁のお代《か》わりに対応しつつ、とりあえず瑞希はこう切り出してみた。

「……えーと、央学ラグビー部の皆様、今日は試合お疲れ様でした」

丁寧《ていねい》に頭を下げると、先走ったように誰かがこう訊いてきた。

「えっ？　なになに、急に改《あらた》まっちゃって。……もしかして、ついに瑞希さんも高校生に目覚めたとか!?」

ぐいぐいとそう身を乗り出してきたお調子者は、以前若い女を紹介しろと言ってきた一年生だ。確か名前は、翔平《しょうへい》なんて呼ばれていただろうか。彼が持ってきたお椀に味噌汁を足してやりながら、瑞希は首を振った。

「いやいや、違うってば。そんなんじゃなくて……」

じゃあ、なんなんだ？　言葉を止めた瑞希に、翔平がこう続けた。

「なーんだ。それじゃさ、瑞希さんじゃなくてもいいから女の子紹介してよ！　瑞希さんじゃなくてもいいからさ」

二回言うな。唇を窄《すぼ》めて、瑞希はこう言い返した。

「そんなの無理だって、前にも言ったでしょ？」

「そう言わずに、そこをなんとか！」

「うーん。そんなに紹介して欲しいっていうなら、せめてきみたちに女の子を紹介したくなるような売りポイントがないと」

「売りって？」

「だから、それは……」少し迷って、それから瑞希はこう言った。「滅茶苦茶《めちゃくちゃ》ラグビーが上手《うま》い！　……とか？」

その答えに、寮生たちは一斉にがっかりしたような表情になった。

「えーっ、なにそれ」

「山田監督もとうとういなくなっちゃったし、俺らはとっくにもうそういうノリじゃないって、瑞希さんならわかってくれそうだと思ってたのに。やっぱり、抗《あらが》いきれない山田監督の熱いラグビー遺伝子が……」

そんな気持ち悪いもん、受け継いでは——いるか。いや、そういうことではなくて。瑞希はちょっと肩をすくめ、思わせぶりに携帯を取り出してみた。

「へーえ。簡単にそんなこと言っちゃっていいのかな。後悔《こうかい》するかもよ」

今度こそ、食堂がわっと湧いた。

「……マジすか！」

「つか、当てなんかないって言ってたじゃないですか！」

逸哉といいこいつらといい、まったくもって舐めすぎである。

「あれは嘘だったのです。ちゃんといい当てがあるんだ、凄《すっご》い可愛《かわい》い子。なんたって、雑誌で読者モデルやってたこともあるんだよ」

「えーっ、雑誌のモデル!?」

「そうそう。めちゃくちゃモテて彼氏も途切れないことで有名な子なんだから、感謝してよね」

適当にそう言いながら、瑞希は携帯を弄《いじ》った。まあ、こういう時の当てなんか一人しかいない。朝実よ、悪いが利用させてもらおう。この間の婚活パーティーのお返しだ。

「ほら、見て、この子」

すると、まるでタックルで倒された選手に群がるラックのように、携帯禁止を厳命されているという寮生たちが一気に瑞希のまわりに集まってきた。……いや、瑞希の携帯のまわりに集まってきた。

「うお、マジで超可愛いじゃん！　顔、ちっさ！」

「えっ、ホントにこの子、瑞希さんの知り合いなんですか⁉」

「そうだよ」知り合いどころか、親友である。今でも電話一本でツーカーの仲の。「ほら、コレとかコレにも写ってるよ」

昔の自分が画面に映り込まないように注意しながら、瑞希は、時代がスマートフォンに移り変わっても保存しておいた高校生の頃のお気に入りの写真を次々表示させた。携帯の中の女子高生の朝実は、当時の定番スタイルだった短すぎるスカートとルーズソックスでガッチリ固めている。ついでに言えば、眉毛《まゆげ》も細すぎで吊り上がりすぎているし、なんなら髪もブリーチで明るすぎる。だから、見せられるのは顔のアップだけだ。しかし、所詮《しょせん》は世間から隔離された男子高生相手である。女子高生のメイクや髪形の流行《はや》り廃《すた》りまではわかるまい。

「うわ、やるやる！　こんな子紹介してくれんならなんでもやるっすよ、瑞希さん！」

案《あん》の定《じょう》アッサリ騙《だま》された軽いノリの声が、主に一年生の輪の中から返ってきた。しかし、二、三年生たちはどこか一歩引いたように顔を見合わせていた。躊躇《ちゅうちょ》するような声が、続いて上がった。

「でもさァ、瑞希さん。さっき言ってた滅茶苦茶ラグビーが上手いって、具体的にはどんくらいのことなの？」

「え？　えーっと……」

瑞希は、ちょっと考え込んだ。逸哉の抜きん出た才能を生かせるレベルというと、どの程度なのだろうか。地元最強くらい？　そう思って、瑞希は軽くこう続けた。

「じゃ、花園出場！　とかはどう？」

「えーっ!?」

一気に悲鳴のような声が上がる。瑞希は首を傾げた。

「そんなに難しいの？　花園行くのって」

寮生たちは、困ったように顔を見合わせた。

「当たり前っすよ。うちの県はラグビー部がある高校が十校もないから、他県よりはだいぶマシですけど。それでも凄え難関には変わりないです」

「うちの県は、毎年決勝で戦う二校は面子《めんつ》が決まってるんです。清大付属と、美祢《みね》ヶ丘《がおか》高校って。勝つのが清大付属ってのもお決まりだけど。ここ数年の清大付属は、県内でもレベルが違うんです。花園でもイイ線いったりするし。Cチーム相手にも今日のボロ負けっぷりを見たでしょ」

「それに、もう五月に入ってるんですよ。今さら頑張ったって、花園なんて……」

まったくもって情けない反応である。わざとらしくため息をついて、瑞希は携帯の画面を消した。

「そっか、残念だなあ。じゃ、この子はやっぱり諦めるってことでいいんだよね」

その瞬間、寮生たちに動揺《どうよう》が走る。

「だってさ、考えてもみてよ。この子読モだよ？　相当レベル高いよ？　全国大会に出場してるくらいの男子じゃないと相手にしないでしょ」

実際、高校時代の朝実の彼氏は目玉が飛び出るほどのハイスペック揃《ぞろ》いだった。……いや、当の朝実は瑞希と同い年で、もうとっくに結婚しているんだけれど。

「ま、待って待って、瑞希さん！　わかったから。俺ら、ラグビーちゃんとやるから」

「だから、その子に彼氏できないように見張ってて！」

若干《じゃっかん》胸が痛むくらいの寮生たちの焦りぶりに、瑞希はこう答えた。

「それ、ホントかなぁ。嘘だったら、紹介なんて絶対なしだよ」

「いや、ホントホント！」

「ふーん。……よし、わかった。それじゃ、きみたちのこと信じてみることにする。だから……頑張ってね、ラグビー」

ふいに口を衝《つ》いて出たその言葉に、瑞希は自分でも驚いて目を丸くした。この子たちに、頑張ってって？　そんなことを、自分は思っていたのか。瑞希は自分自身に苦笑して、それからこう続けた。

「だからさ。……明日は、朝ご飯ちゃんと遅れないで食べに来てよね。メニューはなにがいい？」

瑞希が訊くと、顔を見合わせていた寮生たちは、そこだけ綺麗《きれい》に意見を一致させた。

「――じゃあ、とりあえず唐揚げで！」

……やっぱり子供である、高校生《こいつ》ら。朝から唐揚げを、それも今夜から連続なのに、ガツガツ食べるというのか。逸哉が帰ってきていないのに気付いてはいたが、とにかく今は部員たちの要望に応えるだけだ。すっかり暗くなった田舎道《いなかみち》を走り、瑞希は山のような鶏肉を買いつけに、車で何分もかかるスーパーマーケットへと軽自動車を走らせたのだった。

＊＊＊

　その時、逸哉は一人だった。白虹寮に戻らず、逸哉は央学から離れてブラブラと夜道を歩いていた。その逸哉の背に、声がかかった。

「お疲れ、逸哉。こんなとこでなにしてんの」振り返ると、それは今日助《すけ》っ人《と》で試合に参加した恒生だった。「大活躍した奴が、戻らなくていいのかよ。ま、チームは大敗だったけど」

　逸哉と恒生は央学に来る前からの付き合いだった。同じサッカークラブに所属していたことがあったのだ。

「別に。寮に帰ったって、やることもねえし。おまえこそなにやってんの。サッカー部の監督にバレたら、ぶん殴《なぐ》られるんじゃねえの」

　半分は冗談だ。だが、残りの半分は冗談では済まない。それだけの厳しさが、全国常連の運動部にはあった。しかし、その問いには答えずに、感慨《かんがい》深げに恒生はこう言った。

「天城の奴、凄えマークだったな。完全におまえ一本狙いって感じ。試合前にちょっと話してたから、友達なのかと思ったよ。おまえら、なんかあったわけ？」

「さあ。知らねえけど、友達なんじゃねえ？　たぶん」

　ラグビーというスポーツを馬鹿にでもするかのように、逸哉は口の中で笑いを噛《か》み殺した。

「ほら……。ラグビーって、よく言うじゃん？　試合が終わればノーサイドってさ。結果が出れば恨みっこなし。勝ちも負けもどうでもいいんだよ」

「ふーん。じゃ、サインでも頼むかなぁ。有名人とお友達のおまえにさ」

「……」

　逸哉は黙った。その逸哉の肩を、恒生が軽く叩く。

「結構楽しいよな、ラグビーって。遊びでやる分には充分だよ。痛い思い避けるのだって、コンタクトしないようにスルーしとけばいいだけだもんな」そう言ってから、恒生は逸哉の横顔をちらりと見た。「……けどさァ、おまえ、こんなんでいいわけ？」

「……」

　恒生の声には、どこか惜しむような悲しさがあった。結局、その問いかけに、――逸哉が応えることはなかった。

第二話

五月の扉――

どれほど雨が降ったとしても

延々と曲がりくねった上り坂は、まるでいろは坂だ。この先には山頂公園があるが、そこまで行かなくても、充分に町並みを見渡すことができる。

桜はもうさすがに散ったが、躑躅《つつじ》や菜の花や藤が最盛期を迎えていた。朝の五時に白虹《しろにじ》寮《りょう》を出たから、今はもう五時半近いだろうか。そろそろ、寮母代打でやってきた彼女が起き出す頃だ。

五月に入ったというのに、たかだか標高数百メートルの山頂はとても寒く感じた。湧き上がっていた汗が、一瞬にして冷えていく。

龍之介《りゅうのすけ》は、央学《おうがく》ラグビーグラウンドの裏手から登ることのできるこの山が好きだった。入寮以来続けている早朝の自主練習では、必ずこの山を登った。

ここから、百メートルの坂道ダッシュを十本こなす。もともと中学時代は陸上部に入ろうかと思っていたのだ。足の速さには自信があったが、最近少しずつタイムも縮んでいる。

龍之介が担当しているのは、バックスのウィングというポジションだ。パスで展開したボールを大外で受け取ってゴールラインまで運ぶ、フィニッシャーである。走力に加えてタックルに負けない強い体作りが基本だが、龍之介はまだまだその途上にあった。

「……逸哉《いつや》からパスを貰《もら》ったら、絶対ゲインを切る」

毎朝この山頂で呟《つぶや》いている言葉を、龍之介は今日も口にした。ゲインというのは、自チームが陣地を敵ゴールへ向けて進めることをいう。一人の時にも『トライを取る』と言えない自分が情けなかったが、この誓いだけはもう破らない。逸哉と一緒にこの央学を受験すると決めた時、龍之介はそう決意したのだ。

しかし、いつもは静かなはずの山頂に、一定のリズムをぎしぎしと刻む金属音が聞こえてきた。だんだん、近づいてくる。坂道の彼方《かなた》に目をやり、龍之介はさらに驚いた。

「はぁっ、はぁっ……。やっと追いついたぁっ……。ここにいたんだね、龍之介君！」

ぜえぜえ息を切らし、真っ赤な顔をした彼女が、必死に古ぼけた電動自転車を立ち漕《こ》ぎしている。いつもの通り、化粧《けしょう》一つしていない。龍之介には姉が二人いるが、姉たちより女を感じさせない女は彼女が初めてだ。

「……瑞希《みずき》さん!?　どうしたんですか、いったい」

『おーいおーい』と、自転車の瑞希が、大きく手を振っている。俺を追いかけて？　でも、なんで、俺？　逸哉でしょう、大人《あなた》は。

瑞希を迎える龍之介の頬《ほお》に、自然と熱が集まっていく。こんな風に動揺《どうよう》するのは、全寮制男子校暮らしで若い女を見慣れなくなったせいかもしれない。ただそれだけのはずなのに、なぜか龍之介は、彼女の顔をまともに見ることができないのであった。

＊＊＊

「毎朝一番に出てって練習してるのって、龍之介君だったんだね」

顧問《こもん》のヤスシが定めたという央学ラグビー部の独自ルール——すなわち、部員同士は下の名前で呼び合うこと——に従って、瑞希は龍之介を名前で呼んだ。

龍之介に自転車で併走しながら、瑞希は大きく下っていく坂を彩《いろど》る景色を眺めた。央学のグラウンドは、入り組んだ山道を下りた先にあるからまだ見えない。代わりに、長閑《のどか》で優しい小さな町並みが梢《こずえ》の向こうに続いていた。綺麗だ。思いきって、追いかけてきてよかった。

「いいランニングコースだね」少しずつ熱を帯び始めた五月の太陽を梢から透かして見上げ、瑞希は続けた。「でも、寮母のわたしよりも早起きしてるなんて、ホント尊敬しちゃうな」

坂道ダッシュが終わって山を下りる龍之介に、瑞希が自転車からそう叫ぶ。龍之介は、ちょっと顎《あご》を引いて答えた。

「習慣、みたいな、もんですから」

しまった。結構キツそうだ。話しかけちゃ駄目なのか。瑞希は胸に下げたストップウォッチを見た。けれど、タイムが速いか遅いかは、いまいちよくわからない。

山道を下り切ると、斜面にあるグラウンドに向かってまた上り坂が始まる。スピードを緩《ゆる》めることなく、龍之介は一気に登り切った。山頂からのタイムは、二十分少々。

カツオの本棚《ほんだな》から漁《あさ》り出した『如月龍之介《きさらぎ》』とタイトルのあるノートに、瑞希はすかさずタイムを記録した。

ちなみにこのカツオ自筆のラグビーノート、本棚からはなんと部員全員分が発掘された。中には、部員たち一人一人へ当てた必要な練習メニューが、短期計画と長期計画に分かれてビッシリ書かれている。部員の血液型と生年月日はまだわかるとして、両親や兄弟のプロフィールに加え、さらには性格傾向に星座までもが併記されていた。まさか、ラグビーの練習に星座占いでも活用するつもりなのだろうか。

真面目一辺倒《まじめいっぺんとう》は、加減を知らないから困る。本人に渡さずに胸に秘めているところもまた気味の悪さに拍車を……。いや、カツオ叩きはこれくらいでいいか。

龍之介が体幹トレーニングを始めたところで、瑞希は気が付いた。彼は、カツオノートに則した朝練メニューをこなしているのだ。もしかすると、龍之介はカツオが去る前にアドバイスを受けたのかもしれなかった。


六時をまわったところで、白虹寮から誰か出てきた。口元を忙《せわ》しなく動かしている。それは、瑞希が密かに『もぐもぐ君』と呼んでいる一年生だった。

「薫《かおる》君、おはよう」そう声をかけてから、瑞希はちょっと笑った。「顎のとこ、ご飯粒ついてるよ」

それは、瑞希が食堂に仕込んでおいたプレ朝食のおにぎりのご飯粒だった。瑞希は密かに拳を握った。餌付《えづ》け成功である。

「えっ？　……あ、すんません」

もぐもぐ君こと熊井《くまい》薫は、まだ幼さの残る愛嬌《あいきょう》たっぷりの顔に、はにかむような笑みを広げた。丸太のような太い首にくっついているのは、森のくまさんみたいな笑顔だった。

「おはようございます。どうっすかね、瑞希さん」

おっとりとした動きでご飯粒を取って食べてしまうと、もぐもぐ君が瑞希の目を確認する。瑞希が頷《うなず》くと、もぐもぐ君は微笑《ほほえ》んで龍之介の横に走った。ドスドス。そんな音が聞こえそうな重量感のあるステップだった。朝食まであと一時間を切っているが、もぐもぐ君はちょっと動いてからの方がよく食べられるらしい。だから、朝からこうして体を温めるのだと言うのだが、プレ朝食もしっかり食べてきている。

でも、これはお笑いなんかじゃなく立派な才能で、彼の努力でもある。

カツオノートによると、もぐもぐ君の担当するポジションは、フォワードの左プロップだ。

プロップは、スクラムでは最前列の両脇《サイド》を担《にな》い、体格が大きければ大きいほど有利になる。支柱《プロップ》の名前の通り、チームで最も頑強な肉体を必要とするのだ。一にも二にも、もぐもぐするのが肝要《かんよう》である。食べるのが仕事とは羨《うらや》ましい限りだが、そう簡単にレッツ・カロリーというわけにもいかない。ケーキやなんかのスイーツでは、筋肉にならないのだ。そう、ご存知の通り脂肪《しぼう》直行である。

だから、筋肉を作るたんぱく質と、その吸収を高めるビタミンB6やビタミンCの同時摂取《せっしゅ》が望ましい。でも、一度の食事で吸収できるたんぱく質は限られているから、摂取回数を増やさなければならない。そのため、もぐもぐ君はこうして間食を積極的に摂《と》るのだ。二つ年上のお兄さんはさらに身長が大きいようだから、もぐもぐ君も、きっともっと大きくなるのだろう。

そうこうしている間に、ちょぼちょぼと一年生がグラウンドに集まってきた。

最近、こんな光景によく遭遇《そうぐう》するようになった。一年生たちに挨拶《あいさつ》をし、瑞希は白虹寮を出る前に作っておいた朝食を温めに踵《きびす》を返した。

けれど、今朝も——逸哉の姿は、どこにも見当たらなかった。

朝食前になると、一年生たちがグラウンドから大急ぎで戻ってきた。

央学ラグビー部に残っている古い慣例で、一年生は上級生が現れる前に朝食を終えなければならない。絶対王政ならぬ絶対先輩制度に支配されながら、それでも一年生たちは笑いながら食事を始めた。上級生が現れるのはもっと遅い時間だ。

一年生たちが食べ終わった頃になって、ようやく上級生たちがバラバラと食堂に入ってくる。すでに練習着を汗だくにしている一年生を見て、誰かが低く呟いた。

「……なんか最近、一年が朝から騒がしいな。こういうノリ、勘弁して欲しいよ。ヤスシがまた面倒くさくなる」

「まあまあ、別に好きにやらせとけばいいじゃん。俺らの代にはどうせ関係ないんだし」

遥《はる》か遠い外野から一年生を眺めているかのような、寝惚《ねぼ》けた声がぼそぼそと飛ぶ。瑞希は顔を上げなかった。まるで、老人みたいな会話だ。上級生たちのモチベーションを表すように、朝食はかなりの量が残っていた。

すると、今朝もちゃっかりご相伴《しょうばん》にあずかろうというのか、ヤスシが食堂に飛び込んできた。

「おはよう、みんな！　よし、全員揃《そろ》ってるな。朝飯が終わったら、さっそくミーティングを始めるぞ」


「――先日の清大《せいだい》付属戦で、課題が見つかった者も多いと思う」

まずは、そんな一言から始まった。あのボロ負けの試合には課題しかなかったのではないか——という突っ込みはさておき、ヤスシは続けた。

「試合感覚を養うには、実戦経験を多く積む他ない。これからは、なるべく多く練習試合を組んでいくぞ。まず今週と来週は、同じ高校と連続して試合をする。対戦相手は、桃川《ももかわ》工業高校だ」

ヤスシが高らかにそう宣言すると、一瞬にして食堂に動揺が広がった。

「えっ……」

「桃工……!?」

俯《うつむ》いていた寮生たちが、一斉に顔を上げる。ざわざわと動揺している部員たちに、瑞希は首を傾《かし》げた。川から桃太郎《ももたろう》でも流れてきそうな名前だが、桃川工業高校にはなにかあるのだろうか。

そばに座っていた龍之介の肩を叩いて訊くと、彼は複雑な表情になった。

「……桃工っつったら、ここら辺でもガラが悪くて荒れてる高校ですよ。央学でも、たまに桃工に絡まれたって奴の話は聞きます」

龍之介が言い終わらないうちに、またヤスシが口を開いた。

「知らない者も多いと思うが、桃工にも去年からラグビー部ができたんだ。初心者ばかりの急造チームだが、相当鍛え込んでいると聞く。特に体格に恵まれたフォワード陣は強力だ。甘く見るな、強いぞ。先月行われた県内ナンバーツーの美祢ヶ丘《みねがおか》高校との練習試合はかなり競《せ》ったらしい」

「……」

そんなに強い、それもいわくつきのチームと練習試合を？

瑞希は、ハラハラとしながら、ホワイトボードの前に立つヤスシを見つめた。

「花園《はなぞの》予選まで半年を切っている。本番に向けて、最適な布陣に切り替えていくぞ」

そう言って、ヤスシは逸哉に頷きかけた。

「スタンドオフはおまえだ、逸哉」

「！」

瑞希は息を呑《の》んだ。チームを壊した過去のある、いわくつきの司令塔《スタンドオフ》。それをまた、あの逸哉にやらせるというのか。隣の龍之介は、瑞希以上に暗い表情をさらに硬くしている。

構わずに、ヤスシは言った。

「これからはコンバージョンもおまえが蹴れ。自分たちの今の実力を知るんだ。そのために、この二試合では俺は口を出さない。大丈夫だ、俺はおまえたちを信じてる。おまえたちならきっと勝てる」

すぐに、桃工との一回目の練習試合当日が訪れた。

春の雨は空の彼方に去り、ここ数日は空気がひたすらに乾燥していた。五月に入り、央学を覆《おお》う巨大な緑は刻一刻とその勢力を増している。

「今日はよく晴れましたねえ、瑞希さん」

「そうですね」

ヤスシに頷きながらも、瑞希は気もそぞろになっていた。桃工ラグビー部が気になって仕方ないのだ。

前評判通り、桃工ラグビー部のスタメンは立派な体格の高校生を揃えていた。その桃工ラグビー部が、こちらへ駆け寄ってくる。強烈な眼光がヤスシと瑞希を襲った。桃工のキャプテンが仲間たちの中から一歩前へ出て、深々と頭を下げた。

「今日は央学さんの胸を借りるつもりで頑張るので、どうぞよろしくお願いします！」

「よろしくお願いします!!」

十数人分のドスの利《き》いた声音《こわね》が、グラウンドに響く。

直後、頭を上げた桃工キャプテンが歯を見せて微笑んだ。その前歯が欠けている。……これは、ラグビーで折れたのだろうか。それとも、なにか別の理由が？　なにやらいわくを想像してしまうほどの強面《こわもて》揃いだった。しかも、野球部でもないのに全員なぜか坊主頭《ぼうずあたま》である。桃のエンブレムが入った愛らしいジャージを着ていても、面構《つらがま》えの苛烈《かれつ》さを消すことは一切できていなかった。

桃工の監督も挨拶に来たが、その形相《ぎょうそう》にはもっと迫力があった。竹刀《しない》でも構えて校門に仁王立《におうだ》ちしていそうな教師だ。ちなみに、色眼鏡《いろめがね》にパンチパーマ装備である。

対する央学ラグビー部は、……すでにガッツリと萎縮《いしゅく》していた。まるで蛇に睨《にら》まれた蛙《かえる》である。清大付属戦の時より、さらに小さくなった気がする。

瑞希は、おそるおそる隣のヤスシに訊いた。

「……本当に勝負になるんですか？　ヤスシ先生」

「ええ。まあ見ててくださいよ」

顧問兼監督兼ウォーターボーイを務めるこの男の目は、あくまで爽《さわ》やかだ。それがますます瑞希を不安にさせた。やがて、試合開始を告げるホイッスルが、ピーッと高らかに鳴り響いた。

ラグビーのポジションは、一番から十五番までの番号が振られており、フォワードとバックスに分かれる。

ポジション一番から八番までを担当するのが、フォワードだ。八人全員でガッチリ組んで押し合うスクラムや、タッチラインから出たボールをスローインして受け取るラインアウトなどのセットプレイで、ボールを確保するポジションである。だから、屈強な体格が

即武器となる。一方、後半の九番から十五番が務めるバックスというのは、フォワードが
確保したボールをパスやランで展開してトライを奪うポジションであり、足が速い選手が
多い。
　試合展開を見守りながら、瑞希は言った。
「……わたし、単純に前にいるのがフォワードで後ろにいるのがバックスなんだと思いま
したよ。英語だとそうでしょう？　ほら、前《フォワード》と後ろ《バックス》だから」
「はは。正直なところ、最初は俺もそう思ってました」ヤスシが笑う。「けど、大まかに
言うと、そういうことではあるんですよ。フォワードがスクラムやラインアウトで体を張
ってボールの争奪戦をしている間、バックスは後方で控えているわけですから」
「なるほど」
　響きだけのイメージだと、フォワードが攻撃要員でバックスが守備要員に感じるが、ど
ちらかというと役割は逆なようだ。しかし、もちろんフォワードもバックスも攻撃にも守
備にも参加する。
「央学のフォワードは、上級生ばかりですよね」
「ええ。実はね、央学は去年卒業した三年が主軸のチームだったんです。だから、新三年
生は部員たちを仕切ったりまとめたりするのに、なかなか慣れてくれなくて。要は、ちょ
っと押し出しが弱くて大人しい子が多いんです」

「えっ、そうなんですか?」

意外なヤスシの発言に、瑞希は目を丸くした。ヤスシは頷く。

「部長を決める時も一人も手を挙げなくて、参りましたよ。だから、しょうがなく俺が二番《フッカー》を務める啓太《けいた》を指名したんです。今年の一年生はバックス経験者が多かったから助かりました」

瑞希の耳に、あの朝の食堂で聞いた上級生たちの会話が蘇《よみがえ》る。部長に立候補が出なかったのは、性格ではなく気持ちの問題なのではないだろうか。少し悩んでから、瑞希はバックスに話題を変えた。

「えっと……。バックスの方は、スピードが重要なんですよね。だとすると、央学のバックスは一年生ばかりだからまだ練習量が足りなくて体が細い子が多いってわけでもないんですか?」

「いや、それもあります。でも、最近はあんまりそういうフォワードとバックスの明確な役割分けっていうのもなくなってきてるんですよ」

「そうなんですか?」

「はい。それにね、他の一年はともかく、逸哉の脚の太さを近くでちゃんと見たことあります? 背が高いからわかりにくいかもしれないけど、逸哉の奴は決して細くはないですよ」

グラウンドの逸哉は、遠すぎてよくわからない。けれど、瑞希は首を傾げた。

「逸哉君はそうでも……。龍之介君なんかは、やっぱり細いでしょ？」

いまだに、瑞希の目には龍之介が半分可愛《かわい》らしい女の子のように見えている。しかし、それにもヤスシは首を振った。

「龍之介は、食が細いのがネックですけどね。でも、あいつには逸哉にない才能がありますよ」

「才能……、ですか？」

正直なところ、体格的にも、運動神経やスキルに関しても、ラグビーではなに一つ龍之介が逸哉を上まわっているようなところはないように思えた。人として、ということであれば、この評価は逆転するのだけれど。

すると、まだ初心者に毛が生えたような経歴の浅い桃工が、パスミスでノックオンを犯した。ボールを前に落とすノックオンは、軽い反則。央学ボールのスクラムから試合再開である。

「あれっ……。桃工、もうミスが出ちゃいましたね」

「初心者は、どうしてもハンドリングが下手《へた》です。楕円形《だえんけい》のボールはキャッチが難しいですからね。バックスの連携プレイには経験が必要なんですよ。だから、新造チームとなると、フォワードを強化するのがベストということになります」

では、桃工の戦略は理に適《かな》っているということか。グラウンドでは、レフェリーがこれからスクラムを組もうとしている両チームのフォワードに声をかけている。

「それは、これからですね。央学《ウチ》のラグビー部に、初心者はいないんですか？」

「央学《ウチ》はほら、本命は運動部で文化部は兼部でしか所属できない特殊な高校でしょ」

「はい」

「だから、基本は強豪運動部を目指して入ってくる生徒が多いんです。でも、強豪チームは練習もレギュラー争いも過酷《かこく》ですから」

「あ、わかった。それって、脱落者が出るってことですよね」瑞希は納得して頷いた。

「それじゃ、もしかして、うちのラグビー部は流し素麺《そうめん》でいう最後のザル的な存在ってことですか？」

「その言い方はちょっとアレですけど」ヤスシが困ったように笑う。「実際いい面も大きいんですよ。今までの央学には、そういう子たちの受け皿というか、逃げ場になるような運動部がなかった。そうなると、結構追い詰められちゃうんですよ。でも今は、最後はラグビー部があるって気持ちになれるから、他の部でもいい効果が生まれるっていうか」

「へえ」

瑞希は、今日も来てくれているサッカー部の助《すけ》っ人《と》コンビを眺めた。しかし、どうやらヤスシの解説は疑わしいようだ。どう見てもいい効果が生まれている顔には思えなかった。

＊＊＊

「……空気読めよな、案ずるより産むがヤスシの奴。これから練習試合やりまくるって？　駆り出される俺らの身にもなれよ、馬鹿野郎」

仏頂面《ぶっちょうづら》でブツブツ文句を垂れて、サッカー部からまたも派遣された恒生《こうせい》は舌打ちをした。

一方、寡黙《かもく》な性質《たち》の章雄《あきお》はだんまりである。すると、逸哉が、恒生に声をかけた。

「まあまあ、そんな怒るなって」

「だってさ、見ろよ、今日の対戦相手。全員坊主だけどさ、よく見るとデコに剃《そ》り込み入ってんじゃん。普通に怖《こえ》えよ」恒生がそう言うと、聞こえたのか、対面《トイメン》の桃工生が嘲笑《ちょうしょう》を浮かべた。ますます恒生は顔をしかめた。「ガラ悪すぎ。他部の練習試合で壊されたら洒落《しゃれ》になんないっつーの」

「しょうがないじゃん、こんな程度の部を率《ひき》いてる顧問に、おまえは目ェ付けられちゃったんだからさ。たぶんさ、これはヤスシなりの勧誘なんだと思うぜ」

それは、清大付属戦後の会話をやり返すような口振りだった。恒生は、逸哉の言葉に顔をしかめた。逸哉は、その恒生の肩を軽く叩いた。

「……俺らにラグビーやれって？　ヤスシの奴が？」

逸哉は少し考えて、空を見上げた。今日の青空には、虹がかかっていない。ちょっとだけ、残念に思う。逸哉は虹が好きなのだ。逸哉は、恒生にこう答えた。

「……悪く取んなよな。らじゃなくて、おまえにってことだと思うよ。俺は」

「なんだよ、それ」

「章雄《あいつ》はなにがあっても辞めないだろ、サッカー」

「……」

「メンバーが足りない弱小も大変だけど、部員数二百人越えの強豪はもっと大変だよなあ。ま、お互い頑張ろうぜ。ほどほどに」

そう言うと、逸哉はスタンドオフの持ち場であるスクラムの後方へと向かった。

＊＊＊

「屈め《クラウチ》、摑め《バインド》、当たれ《セット》！」

何度か注意とやり直しがあったあとで、ようやくスクラムがガッチリと組まれた。

レフェリーが、『セット』と叫んだ瞬間だった。グラウンドの外にいる瑞希の耳にまで、掛け声に混じってガツッと骨まで鈍く響き渡るような音が届いた。聞いているだけで痛い。

しかし、しばし押し合ったあとで、すぐにまた笛が鳴った。

「え、今のって？」

「故意にスクラムを潰す反則《コラプシング》を取られたんです」悔《くや》しそうに、ヤスシが眉《まゆ》をひそめる。

「……ファーストスクラムでは、完全に央学が押し負けましたね」

「ええっ、そうなんですか？　でも……。横幅はともかく、背は央学の子たちの方が大きいのに」

瑞希は、急いでカツオノートを何冊も捲《めく》った。フォワードには、逸哉以上に身長のある者もいる。たとえば、錠《じょう》を意味するロックという四番五番のポジションを務める、二年生コンビの長谷宮公章《はせみやきみあき》や桐島英二《きりしまえいじ》だ。彼らは、ラインアウトや高く上がったハイパントというキック処理などの空中戦を担当するらしい。こんな大きい子が揃っていても、力勝負で負けてしまうのか。

「やっぱりまだ高校生ですからね。精神的に勝てるかどうかも重要ですよ。……コラプシングを取られたから、桃工のペナルティキックからゲーム再開です」

その解説通り、スクラムハーフを務める一年生の棗蒼士《なつめそうし》は、ボールを入れるタイミングを摑《つか》めないまま桃工にボールを渡した。続く桃工のペナルティキックは、央学陣営の二十二メートルラインにまで一気にボールを運んだ。

ラインアウトも、当然反則を貰った桃工スローインから始まる。

するとヤスシがふとこう呟いた。

「まずいな……。桃工に、完全に狙われてますね」

「え、なにを？」

瑞希が首を傾《かし》げた、その時だった。桃工スローワーが、グラウンドの両脇《サイド》に伸びるタッチラインからボールを投げ入れた。すると、マイボールを確保した桃工フォワードが、そのままちょっと崩れたスクラムのような形になって、突如として一塊《ひとかたまり》の弾丸のように央学フォワードを押し始めたのだ。

「……え⁉」恐ろしい事態が急に始まった。「こ、これってなんですか⁉」

「ドライビングモールです。得点確率の高い攻撃ですよ。フォワードが強ければ、当然オフェンスの第一選択肢《し》になります。……やられたな。桃工は央学《ウチ》のことをよく調べてますね。相当このドライビングモールを練習してきてますよ」

決まった型で組まれるスクラムとは違い、筋肉の鎧《よろい》で覆《おお》われた肩をぐっと入れ込んで押し合うその姿は、まるで一つの大きな波のようだった。桃工エイトが起こす強力な大波からあぶれた選手が次々にまた集団に加わり、肩を入れて自チームを押した。

集団はゆっくり右に回転し、瑞希はあっという間にボールがどこにあるか目で追えなくなった。しかし、双方スクラムハーフの掛け声は続く。

だが――、よく見ると、波から弾き出されるのは央学フォワードばかりだった。見る見るうちに、央学ゴールラインが近づいてくる。

為《な》す術《すべ》もなく、最後はゴールポスト付近にまで寄せられて桃工のトライが決まった。

「……！」

フォワード戦で、央学は桃工に完敗を喫《きっ》した。……いや、完敗だと、桃工の持つ強烈な圧力によって胸に刻みつけられてしまった。


ハーフタイムは、予想通り大荒れだった。

最初の一分が、まるで一時間のように長く感じられた。岩のように重い沈黙。誰も彼もが汗だくになって俯《うつむ》いているのを、瑞希は見つめた。

やがて、重苦しい沈黙を破ったのは、スタンドオフの逸哉だった。

「……なにやってんだよ、あんたら。桃工なんか相手に手古摺《てこず》っちゃってさ」

その低い声に、一瞬にして空気が凍りついた。気がつけば、いつの間にか、フォワードとバックスに完全に央学は二分していた。フォワードを担《にな》う上級生たちが、イラッとしたように逸哉を睨《にら》んだ。

「あ？　なんだと？」

　口火を切ったのは、三年生で八番《ナンバーエイト》を務める結城真斗《ゆうきまなと》だった。一人が逆上したら、もう止まらない。真斗を孤立させまいと、次々に仲間《フォワード》たちが逸哉に立ちはだかる。

「なんなんだよ、その口の利《き》き方は。一年のくせにふざけんな」

「もういっぺん言ってみろよ、おまえ」

　しかし、体格のいいフォワードの上級生に詰め寄られ、たった一人の逸哉は、一歩も引けを取らなかった。

「何度でも言ってやるよ。素人《しろうと》ばっかりのにわかラグビー部に、なんでアッサリやられてんの？　あんたらだって、中学入る前からラグビーやってきたんだろ。あんたらのラグビーって、こんなもんなのかよ」

「なんだと!?」

「偉そうなこと言いやがって、おまえだって今日はなんもできてねえじゃねえか！」

　しかし、上級生たちの怒声に、逸哉は煽《あお》るように――傷つけるように、こう返した。

「は？　あんたらがそれを俺らに言うわけ？　清大付属戦でもそうだったけど、スクラムでもラインアウトでもいいようにボール獲《と》られてさ。俺らバックスにどうしろっつーんだよ」

「……っ！」

ぐうの音《ね》も出ないようなその言い方に、鼻息の荒いフォワードの上級生たちは黙らされた。しかし、その時瑞希はあることに気がついた。……鼻息？　汗だく？　そうだ。清大付属Cチームとの練習試合では、ハーフタイムどころか、前後半併せて一時間を戦った試合終了後にもこんなものはなかった。

「……あ……」

瑞希は、目を見開いた。

違う。今起こっている諍《いさか》いには、なにか根本的な釦《ボタン》の掛《か》け違《ちが》えがある。

瑞希には、ずっと先入観があった。朝早く起きて頑張る健気《けなげ》な一年生。それを腐《くさ》して水を差すやる気のない上級生。……でも、ラグビーは、そんなに簡単なスポーツじゃない。その程度の気持ちで続けられるような、生易《なまやさ》しい競技ではないのだ。

そうだ――そうだよ。今日のフォワードの上級生たちは、あの日とは違う。本人たちに自覚があるかどうかまではわからないが、彼らなりに真剣に桃工と戦っているのだ。バックスと共に、勝利を掴み取るために。

フォワードたちもきっと、バックスの一年生たちと同様に、希望を抱いたのだ。Cチームとはいえ、スター選手率いる清大付属に一歩も引けを取らない、逸哉のプレイに。そして、逸哉とともに戦う、自分たちに。もしかしたら、花園に行けるかもしれないって。

瑞希は、逸哉の背中を見つめた。こんな責め方をしたら駄目だよ。お願い、気がついて。

バックスたちや、フォワード唯一の一年生であるもぐもぐ君が、おろおろと成り行きを見守っている。しかし、そんな中で、龍之介が逸哉の隣に並んで手を挙げた。

「……待ってくださいよ、先輩。俺も逸哉と同意見ですけど」

瑞希は、目を見開いた。普段大人しい龍之介の参戦に、上級生だけでなく、一年生たちも驚いて息を呑《の》んだ。龍之介は、まわりの反応に構わずに続けた。

「俺らバックスがいくら努力してタックルにいったって、セットプレイで負け続けちゃ焼け石に水なのは確かでしょ。こいつは、なんも間違ったことは言ってませんよ」

「……」

その指摘に、誰も彼もが黙り込んだ。

龍之介は、逸哉とは違う。敵を作るタイプじゃない。誰にでも優しくて努力家で、だから先輩後輩を問わず、部員たちから親しまれていた。その龍之介が逸哉に同意したのだ。

上級生たちは、大きな体を寄せ合って黙り込んでしまった。

そして、逸哉は――龍之介に庇《かば》われたはずなのに、まるでさっきよりも孤立を深めたような顔で、眉間《みけん》に深く皺《しわ》を寄せて地面を睨《にら》んでいた。

央学ラグビー部は、今、瓦解《がかい》寸前に見えた。もしかすると、逸哉の中学同様に。

そこでレフェリーがグラウンドに駆け戻り、後半が始まった。

ハーフタイムの雰囲気《ふんいき》を引きずったのか、後半戦はますます荒れた。接触が続いて桃工と央学の間に乱暴な小競《こぜ》り合いが起こり、罵声《ばせい》が飛び交う。レフェリーが止めに入り、厳しく注意する場面まであった。

そのまま、央学はまたも対外試合で惨敗を喫したのだった。

＊＊＊

得点板を見るのも嫌だった。

だから、龍之介はぼんやりと空を見上げた。

洗濯係《せんたくがかり》の龍之介は、逃げるように部員たちの試合用ジャージを集めてグラウンドを去った。すると、帰りがけの桃工一年生とかち合った。

「よぉ。久しぶりじゃん、如月」桃工トレードマークの坊主頭が、笑顔を浮かべて駆け寄ってくる。「元気そうだな」

「……ああ、佐川《さがわ》か。久しぶり。桃工のバスに乗って帰ったんじゃなかったの？」

「そのつもりだったんだけどさ。半端な試合だったから体力有り余ってるし、今日は走って帰ることにしたんだよ」

「ああそう」

「それにしても中学ん時から変わんないな、如月は。あ、でもちょっと背は伸びた?」あからさまに嘲《あざけ》るような口調に、龍之介は顔をしかめた。「あはは、んな顔すんなって。また如月たちと練習試合やれて嬉しいんだよ、俺」

桃工一年生の佐川が、馴《な》れ馴《な》れしく龍之介の肩を叩く。その手をさり気なく避けて、龍之介は低くこう答えた。

「佐川って、まだラグビーやってんだね。辞めるって聞いてたけど」

「辞めるつもりだったんだけど、桃工で顧問に熱烈に勧誘されちゃってさ。あの顧問、見た目からして凄《すげ》え怖いだろ。逃げられなかったんだよ。榊野《さかきの》と同じ地元でスタンドオフをやってた身としては、ラグビーやってても先がないなと思ってたけど……。案外努力すりゃ勝てるもんだな。いい仲間に恵まれて感謝だよ、今日はありがとな」

悪びれなく佐川が礼を言う。龍之介は、素っ気なく頷《うなず》いた。

「おめでと。それじゃ、今日はお疲れ様」

しかし、去ろうとする龍之介の背を追って、佐川がわざとらしいほどに明るい口調でこう続けた。

「だけどさ、意外だったぜ。如月って、まだ榊野とつるんでんだな。ホントおまえって優しいんだな。中学ん時からお荷物とか金魚の糞《ふん》とか言われて、大変だろ。いい加減、一緒にいるのやめりゃいいのに。ハーフタイムも央学はやばいことになってたよな。練習試合してる身として、可哀想《かわいそう》で見てられなかったぜ。如月も、ああいう空気読めない奴を庇わされちゃって、正直迷惑だよな」

「……別に。そろそろいい？　俺、洗濯あるから」

「待てよ、これまで俺さ！」佐川は強く続けた。「お荷物抱えてんのに自分一人の力で天《あま》城圭吾《ぎけいご》率いる清大付属中学に勝っちまうんだから、榊野ってマジで天才なんだと思ってたよ。でも、今日試合してみて、榊野も俺らと同じ普通の高校生ってわかってよかったな。まあ、榊野だって人間だもんな。嬉しいよ、ホント。来週の練習試合も楽しみにしてるからさ」

もう龍之介は答えなかった。小走りに佐川の前を去ろうとすると、その前に――向かいに立つ臨時寮母と目があった。瑞希だ。

「……あ」

＊＊＊

「……格好悪いところ、見られちゃいましたね」

一緒に洗濯物を運びながら、龍之介は瑞希にそう言った。洗濯を手伝おうと思って担当を訊くと、龍之介だった。だから、瑞希は龍之介を追いかけてきたのだ。

「さっきの子って、知り合い？」

「中学が近かったから、よく練習試合をしてたんです。あんなに話す奴だとは知らなかったけど」

「そっか……」

ずいぶん屈折した感情を龍之介と逸哉に持っているようだったが、それだけ中学時代の彼らが強かったということなのだろうか。なんと言おうか迷って、瑞希はこう呟いた。

「龍之介君たちが監督なしで勝ったチームって、……清大付属のことだったんだね」

「中学ですけどね。清大付属が一番強いのは高校ですから」

龍之介はそう訂正《ていせい》した。けれど、瑞希には、清大付属の一年生エースですでに対外的にも注目されている天城圭吾が、どうして央学戦にCチームのメンバーとして出てきたのかがわかった気がした。きっと、天城は逸哉たちに負けた雪辱《せつじょく》を果たそうと考えたのだ。形は違うかもしれないが、さっきの桃工一年生と同じく。

「……逸哉が中学の時監督と揉《も》めたのって、俺のためだったんです」

瑞希の疑問に答えるように、龍之介がそう口火を切った。龍之介は、白虹寮に続く下り坂を眺めている。龍之介と瑞希の影法師が、少しずつ伸びていった。

「俺ね、中学時代はずっと控えだったし、監督ともあんまり話したことがなかったから、全然知らなかったんですけど。……あいつは、何度も俺を試合に出せって直談判《じかだんぱん》してたみたいで。監督は、メンバー選びにまで口を出す逸哉を傲慢《ごうまん》だって怒って、ああいうことになったんです」

それは、二人が友達だからだろうか。しかし、瑞希は、逸哉や龍之介を素直に味方する心境にはなれなかった。逸哉の気持ちはわかる。だが、そんなことでメンバー変更していたら切りがないし、……試合に勝つことができない。中学の時の監督の判断は、たぶん間違いではないのではないか。

「でもさ、あいつのおかげで中学三年間で初めて試合に出られたってのに、逸哉のキックパスを取れなかったんですよね、俺。試合には勝てたけど、……今でもずっと忘れられません」

「……だから、龍之介君はラグビーを続けてるの？」

少し黙ったあとで、龍之介は肩をすくめた。

「……他には、逸哉のことでなんか訊きたいことあります？」

「え？　どういうこと？」

瑞希は目を瞬いて龍之介を見た。龍之介は苦笑し、首を振った。

「だって、ホントに気にしてんのは、俺じゃなくて逸哉のことでしょ。誰だって思いますよ、逸哉は天才だって。このまま埋もれるのは、あまりにもったいない。瑞希さんとかヤスシがなんとかできるんだったら、してやって欲しいですよ。俺みたいなのがいくら言っても無駄だから」

「わたしは……、龍之介君のことも逸哉君と同じように応援してるよ。ヤスシ先生だって」

「無理して俺に気を遣わないでくださいよ。そんな子供じゃないっすから、ホント。自分がどの程度の選手かってことくらい、自分でよくわかってます」

達観したようなその台詞《せりふ》。ちょうどその時、白虹寮に戻る上級生の誰かが一人、小走りに瑞希たちを追い越した。

「あ……。ちょっと、俺、行きます」

瑞希の手から洗濯籠《かご》を引《ひ》っ手繰《たく》って、龍之介はその上級生の背を追いかけた。

「啓太さん、待ってください！」

振り返ったのは、二番《フッカー》で部長の啓太だった。スクラムの最前線《フロントロー》の真ん中を担《にな》う啓太は、背はそう高くはないが、もぐもぐ君と同じくらい太い首とがっしりした肩や二の腕を持っている。その啓太に、龍之介は深々と頭を下げた。

「さっきは生意気言ってすみませんでした」

「いや……、おまえが謝ることじゃないだろ」

戸惑ったように、瑞希の顔をちらっと見る。瑞希は、ちょっと会釈《えしゃく》をして急いで二人の横を通りすぎた。その背中で、啓太の潜めた声が聞こえる。

「……腹が立ったのは確かだけどさ。ぶっちゃけ俺も、おまえとか逸哉の言ってることもわかるし。今日はフォワード、全然駄目だったよな」

啓太の反応に、瑞希は目を瞬いた。そして、ヤスシの人物評を思い出す。押し出しが弱く、大人しい。その間にも、龍之介の声が聞こえた。

「すみません、また生意気だって思うかもしれないんですけど……。逸哉はああいう性格だから言わないけど、フォワードがやられてホントは滅茶苦茶《めちゃくちゃ》悔しがってるんです。だって、啓太さんたちとラグビーやる気で、央学受験したんだから」

「は？」

「他の先輩にもちゃんと説明しますけど。実は俺、中学の時、あいつと一緒に央学にラグビー部の見学来たんですよ。清大付属も行きました。でも、あいつは央学に進学してもう一回ラグビーやるって。だから、俺も央学を受験しようって決めて……」

どんなに歩調を遅くしても、だんだん白虹寮が近づき、声が薄らいでいく。振り返りたくなるのを、瑞希はなんとか堪《こら》えた。

もう何度目になるだろうか。瑞希は、不在の少年を待って、誰もいなくなった夜の食堂の壁掛け時計を見上げた。

その時だった。ふいに携帯が鳴る。それは、ＳＮＳのメッセージだった。見覚えのない名前に、瑞希は首を傾げた。

「誰だっけ、これ……」少し考えてみて、瑞希はやっと思い出した。「……あ、この間の婚活パーティーで会った人か」

あの婚活パーティーでの出会いに一切ピンとは来るものはなかったが、一応何人かとは連絡先を交換したのだ。メッセージを読むとなにげない内容で、瑞希の機嫌を取るようでもある。

「……ま、いっか。いいよね」

ちょっと考えて、結局瑞希は携帯をテーブルに置いた。今は央学ラグビー部のことばかりが気になって、ちっともそんな気分になれなかった。一日二日置いて返事をすれば、まあこっちの意図は伝わるだろう。

するとまた、携帯が鳴った。今度は美代子《みよこ》からの着信だった。

『——もしもし、瑞希ちゃん？』

久しぶりに娘の声を聞いた母は、機関銃のように喋《しゃべ》りまくった。それも、やたらと幸せそうだ。療養はまだ時間がかかるようだが、新婚旅行のやり直しとやらの方の首尾《しゅび》は上々らしい。しかし、代償にチームはえらいことになっている。

「……楽しそうでよかったね」央学ラグビー部の現状を訴えようか迷って、瑞希は結局話題を変えた。「で、お父さんはなにしてるの？」

　すると、なぜだか美代子も声を潜めて神妙にこう返してきた。

『……監督ね。こっちで、休学している央学の生徒さんの家に通ってるのよ』

「え？」

『瑞希ちゃんには言ってなかったんだけど。実はね、白虹寮もラグビー部も辞めて、実家に帰っちゃった子がいるのよ』美代子は続けた。『ほら……、もうずいぶん央学も全国大会に進めてないでしょう。思うように成果が出なくなって、監督も悩んでいたのよ。親御さんの希望も二分しちゃって、もっと厳しく指導してせめて花園予選決勝までは駒《こま》を進めてくれって言われたり、反対に伝統という名前の前時代的な指導は止めろって批判されたり……』

　央学ラグビー部には、栄光時代の遺物《いぶつ》だという充実した設備が揃っている。維持費がどこから出ているか考えれば、苦情が出るのも納得できる気がした。どっちに行っても誰かが非難するってわけだ。監督業も大変だ。

『けど、監督も情熱家だから、夢中になるとまわりが見えなくなっちゃうところがあるでしょう。その子は本当に凄い子で、だから監督も頑張りすぎちゃったのね。監督の期待とプレッシャーに耐えかねて、その子は白虹寮を出たの。それ以来ずっと家に引きこもっているらしくって……。監督も何度も手紙を書いたんだけど、返事もないし……。だからね、今回お母さんの療養で、その子のところに来る余裕が出来てよかったって言ってるのよ』

瑞希は、顔をしかめて美代子の打ち明け話を聞いた。もしかして、せっかく癒《い》えかけたその高校生の心の傷を、カツオが追撃してグリグリ抉《えぐ》っているのではないか。よくやるよ、ホント。ある意味馬鹿だ。いや、正真正銘《しょうしんしょうめい》のラグビー馬鹿だ。

「……まあ、そんなことだと思ったよ」

あのカツオが、病気の妻ごときのためにラグビーを投げ出すなんてあり得ない。カツオは、家族を失望させても、ラグビーを裏切らない一途な男なのだ。けれど、美代子はこう言った。

『口には出さないけど、監督もなんとか変わろうと頑張ってるんだよ。不器用なのは確かだけど……。そばで見ていればわかるの。もう少し違うやり方があったんじゃないかって、監督はずっと後悔してるのよ。ラグビー部を辞めちゃったあの子が、それを教えてくれたの』

「……」

カツオのラグビーへの情熱はまっすぐだ。けれど、まっすぐすぎて、誰かを切り捨て、誰かを追い詰める。そうでなければできないのが、ラグビーという競技なのかもしれない。

いや、他のどんなスポーツだって、競技である以上はそうであるはずだ。

『ＯＮＥ《ワン》　ＦＯＲ《フォー》　ＡＬＬ《オール》，ＡＬＬ《オール》　ＦＯＲ《フォー》　ＯＮＥ《ワン》』。ヤスシはその意味を、『一人はみんなのために、みんなは一人のために』だという。だが、その響きの温かさとはまったく別物の厳しさが、そこにはある。

『お願い、監督をわかってあげて、瑞希ちゃん。もう少しだけお父さんと央学ラグビー部に力を貸して欲しいの』

　わかんないよ。……とは、もう言えなかった。ラグビーというスポーツに懸《か》ける選手をそばで見てしまったからだ。

「……わかった。大丈夫だよ、お母さん」

美代子は瑞希にお礼を言って電話を切った。


　しかし、本当に遅い。

カツオと美代子がいなくなった白虹寮は、監視と管理が完全にザルだと思われているのだ。消灯時間をまわってもなお、逸哉は白虹寮に戻らなかった。インコのラグ男《お》が、籠《かご》の中でこっくりこっくり眠っている。

「……あの馬鹿者め」

瑞希は立ち上がって、月明かりの照らす夜の世界へと出た。

外に出ると、途端に外気の冷たさを肌に感じた。昼間あれだけ暑かったのが、嘘みたいだ。昼と夜とでは、二月《ふたつき》近く季節が違ってしまったようだ。山並みを流れるひんやりとして澄んだ空気が、けれど今は心地いい。

——逸哉の行き先は予測がついていた。

あの夜、偶然逸哉に会った時にはなにも感じなかった。でも、今はわかる。逸哉はきっと、一人で練習するために毎夜出歩いているのだ。朝練に一人で励《はげ》む、龍之介と同じく。

上着を肩に引っかけて、瑞希はグラウンドへ向かう坂道を駆け上がった。


「逸哉君！」

グラウンドの端から声をかけると、キックを蹴《け》り終えた逸哉が振り返った。難しい角度から蹴られたそのボールは、見事な螺旋《らせん》を描き、ゴールポストのど真ん中を射抜《いぬ》いていった。その美しい軌道を確認もせずに、不機嫌そうに練習着で汗を拭《ぬぐ》って、逸哉が振り返った。

「……瑞希さんか。なにしに来たんだよ、こんな時間に」

そのそばには、ボールケースが鎮座していた。中には、もうほとんどボールが残っていない。

「なにって……。門限破り君を迎えに来たに決まってるでしょ。わたし、きみたちの部寮の寮母だよ」

そうこう言っている間にも、逸哉はまたグラウンドにボールを置くプレースキックを放った。楕円形のボールは、またも音もなくゴールポストへ吸い込まれた。

瑞希は、ボールケースのそばに立って、キック練習をしばし見守った。逸哉は、眉間に皺を寄せて瑞希に苦情を言った。

「そんなところに突っ立ってられると、集中できない」

「本番の公式戦にはいつだって観客がいるでしょ。人前で使えないプレイなんか、練習したってしょうがないじゃない」

すると、逸哉は黙って、またボールを持った。今度はグラウンドにボールを置かず、手の中から落としてそのまま蹴る。狙ったのかどうか、ゴールポストを大きく外し、グラウンドのサイドを走るタッチライン上にボールが落ちた。そこで、ボールケースの中身が尽きた。

「じゃあさ、ボール集め手伝ってよ」

「わかった」

頷いて、瑞希は小走りにグラウンドをまわった。ドスドス。そんな音が聞こえる気がする。決してもぐもぐ君ほどの体重はないはずなのだが、瑞希のステップは軽快とは言えなかった。瑞希の数倍の速さで、逸哉がボールを回収していく。

ボールケースの前でかち合った逸哉に、瑞希はこう言ってみた。

「ラグビーのボールって、ホント変わった形だよね。このアーモンドみたいな楕円形。バウンドはイレギュラーになりやすいし、パスもキックもキャッチしにくそう。どうしてこんな形なのかな。素人《しろうと》避《よ》け？　一見《いちげん》さんお断り的な？」

「普通に違うでしょ。まあ、いろいろ説はあるみたいだけど。俺は、豚《ぶた》の膀胱《ぼうこう》膨《ふく》らませてボール作ったらこういう形になったたって聞いたな」

「豚の？　そうなの？」

目を瞬いて、瑞希はあらためて楕円形のボールを撫《な》でた。思いの外《ほか》、硬い。チャージなんかのプレイは体を張ってこのボールを止めるわけだが、相当痛いだろう。もちろん、スクラムやタックルはもっともっと痛いのだろうけれど。

「蹴り難《にく》くないの？　その……丸いボールと比べて」

サッカーの話を出していいのか迷って、瑞希はもごもごとそう訊いた。しかし、逸哉はあっさりと首を振った。

「別に。芯をとらえるコツさえ掴めば、ボールの形なんか、四角だっておんなじだし」

「そうなの？」

　瑞希は目を丸くした。これは、キッカー共通の見解なのだろうか。それとも、逸哉が特別だからこんな風に言うのかもしれない。

「……キック、嫌いなのかと思ってた。滅多《めった》に試合で使わないって聞いてたから」そう言ってから、思い切って瑞希はこう訊いてみた。「ねえ。中学の時の最後の試合で龍之介君がキックパスを受け取れなかったから、試合でキックを蹴らなくなっちゃったの？」

「関係ないよ、そんなの」

「じゃあ、どうして一人で白虹寮を抜け出してまで夜に練習してるの？　龍之介君と一緒に、朝練すればいいじゃない」

「無理。他人に合わせせんの、苦手」

　逸哉の返事は素っ気ない。でも、きっとこれが本心のすべてじゃない。

　スタンドプレイヤー。チームの和を乱す鼻摘《つ》まみ者。……だけど、親友の龍之介のために、格上の大人と戦う勇気も持っている。それは、無謀《むぼう》と言い換えられるかもしれないけれど。

「……そういう言い方されたら、傷つく人もいるよ。ちゃんとまわりの気持ちも考えなよ」

「無茶言うなよ。自分のラグビーだって思うようにいかないのに、他人になんか構ってられない。俺は自分一人で手いっぱいだよ」

「だから、そういう態度に見放《みはな》されてるんじゃないかってまわりは思うの。なんでわかんないの？」

「俺がどういう態度取ろうが関係ないだろ。自分で選んで好きでラグビーやってんだから、自分が頑張ればいいだけの話じゃん。なんで俺がまわりのお気持ちまで慮《おもんぱか》ってやんなきゃいけないわけ？　ガキかよ」

「それは、きみが……っ」思わず、ボールケースを握る手に力がこもる。瑞希は唇を噛《か》んだ。「……きみが、央学《ウチ》のラグビー部のエースだからだよ。みんな口ではいろいろ言うけど、いつだってきみを見てるんだよ。わからない？　央学のみんなは、きみに認められたいの」

「なにそれ、気持ち悪」

馬鹿にするように言う。しかし、続く言葉は、どこか幼い響きを持っていた。

「……瑞希さんはあいつらの味方なわけ？」

「え……？」

顔を上げてみて、瑞希は驚いた。瑞希を責める逸哉の目が淋しそうに見えたからだ。

どうして、この子はこんなにもまわりを、そして自分を追い詰めるんだろう。彼は、まるで破裂《はれつ》寸前の風船みたいだ。見ていられない。なのに、目が離せない。

瑞希は意を決して、素直な気持ちを逸哉に告げた。

「わたしは……、きみのことを応援してるよ。じゃなきゃ、こんな時間に追いかけたりしない」

逸哉が、瑞希の瞳をまっすぐに見つめている。疑《うたが》うように。窺《うかが》うように。瑞希は、思わず目を伏せた。これから言う言葉が、彼を酷《ひど》く傷つけてしまう気がした。けれど、今言わなければ、もっと逸哉は窮地《きゅうち》に立つことになる。

「……でも、今は他のみんなの気持ちの方がわかる」

言葉は時として人の心を抉《えぐ》るナイフだ。その意味を、今夜ほど痛烈に感じたことはなかった。だけど、瑞希ははっきりとこう言った。

「今日だって、揉めたのはきみが悪いよ」

「なんで？　ミスりまくったのはフォワードだろ」

「でも、きみはチームの司令塔《しれいとう》でしょ。自分のチームのフォワードを、全然まとめられてないってことじゃない」

「あのね。フォワードの指揮はスクラムハーフが執《と》るの。ラグビーちゃんとわかってる？　瑞希さん」

呆《あき》れたように、煽るように、――瑞希《みずき》を傷つけるように、逸哉が言う。自分を守るために、大人を傷つける。これは逸哉の自衛《じえい》だ。だけど、瑞希は言い募《つの》った。

「わかってるよ。央学の中心がきみだってことくらい、わたしにだって最初からちゃんとわかってた。わたしなんかでもわかったんだもん。きみだって、ホントはわかってるんでしょ。仲間を馬鹿にするのはやめて、ちゃんと認めてあげなよ」

「だけど、俺を十五人集めたチームの方が、央学ラグビー部より強《つえ》えもん。フロントローだってロックだって、ちゃんと鍛えれば俺の方が上手《うま》くできる」

舌打ちをして、不服そうに逸哉がそっぽを向く。その言い様《よう》に、瑞希は思わず激した。

「だったら……っ、自分を十五人連れてきたら？」瑞希は、歯を食い縛《しば》って続けた。「龍之介君がどういう気持ちできみを庇ったのか、きみにはわからないの？　できないことばっかり言って、他人に完璧《かんぺき》求めて。ガキはどっちよ。できるんだったら、やってみなさいよ。さっさと自分を十五人連れてくればいいじゃない」

「……」

「きみは、これから先、自分より上手い選手しかいないチームに入れるまで、同じことを繰り返すの？　そこでもきみの思うようなプレイをできない選手がいたらどうするの？　きみのラグビーは、それでいいの？　わたしは……、そんなの、嫌だよ。わたし、きみのラグビーがもっと見たいよ」

気がついたら、目尻からじわっと涙が浮いていた。いっそ大泣きしてやろうか。そう思っていると、逸哉はボールケースに引っ掛けてあったスポーツタオルを瑞希に渡してきた。

「……女の人って、すぐ泣くから嫌だ。ずりぃよ」

「……きみは大人扱いされたいみたいだから言うけど。女泣かせる男なんて最低だって見方もあるんだよ」

逸哉のスポーツタオルで鼻水まで拭いてやると、逸哉はあからさまに嫌な顔をした。

「そんな顔しないでよ。ちゃんと洗って返すから」

そう言ってから、瑞希はまたスポーツタオルに泣き顔を押しつけた。


瑞希の嗚咽《おえつ》が落ち着くと、ふと、逸哉がこう言った。

「あのさ、なんか誤解があるみたいだから、ちょっと言っときたいんだけど。……見放されたっていうなら、俺の方だと思うんだけど」

「……どういうこと？」

「瑞希さん、ホントは監督がなんでいなくなっちゃったか、知ってる？」

「え？」

「監督は、三番を追いかけに行ったんだよ」

瑞希は首を傾げた。ラグビーでいう三番とは、――右プロップのことだ。もぐもぐ君と対《つい》を成し、スクラムの最前線で両脇を固める屈強なフロントローの一人である。

「今は、中学でフロントローをやってた三年の慎次《しんじ》さんが代わりに三番をやってるけど。でも、央学の三番は、本当は薫の兄貴なんだ」

瑞希は、目を見開いた。確かに、もぐもぐ君こと薫のカツオノートには、二歳年上の兄のことが書かれていた。美代子が言っていたのは、薫の兄のことだったのか。

「背が高くて体格も良くて、あの三番が入ったからまた央学に栄光時代が来るって言われてたんだよ。だけど、急にラグビー部に来なくなったらしくて、学校も休学して」

「……え、それって……」

……やっぱり、ラグビー命の中年男の執拗《しつよう》なシゴキに耐えかねて、ということだろうか。

しかし、確かにカツオノートに三番を推奨《すいしょう》ポジションとされた部員はいなかった。

「けど、どうしても惜しい才能だからって、監督が説得に行ったんだよ」

「うん」

「三番がいなくなったのは知ってたんだよ、俺も。結構噂《うわさ》になってたし、央学に見学に来て自分の目でも確かめてたから。けどさ、俺が央学に入ったら、監督だって逃げた奴のことなんかどうでもよくなると思ってた」

「……」

「でも、結果は惨敗」

「……そういうのって勝ち負けじゃないと思うけど」

「いや、勝ち負けでしょ」

「だって、お父さんも一応高校生の部活動の指導者なわけだし。子供の将来を心配するのは当然じゃない」

「そんなん綺麗《きれい》ごとだよ。監督は結局、俺じゃなくて三番の奴を選んだんだ」

そう言って、逸哉は眉間《みけん》の皺《しわ》を深く寄せた。まるで、親の愛を占有したがる子供の焼餅《やきもち》である。しかし、逸哉の表情は真剣で、瑞希は目を瞬いた。

「そんなに凄《すご》いの？　うちのお父さんって」

「知らないのは、瑞希さんくらいじゃねえの。監督は何人も名選手を育ててんだぜ。俺の親父《おやじ》も、監督の教え子だし」

「逸哉君の、お父さん？」

それは、中学の時に逸哉を殴《なぐ》り飛ばしたという、生粋《きっすい》のラガーマンのことか。逸哉は頷《うなず》いた。

「央学のラグビー部員は、ほとんどそうだよ。親も監督の教え子。部の成績は低迷してるけど、それでも山田《やまだ》監督に教わる意義はあるって、みんなここを選んでる」

そう言いながら、逸哉は楕円形《だえんけい》のラグビーボールでひょいひょいとリフティングを始めた。手品か。

もしかしてこの少年は、ラグビーボールを抱いて寝ているんじゃないだろうか。そう疑うくらい、逸哉はこの楕円形のボールと共にあるのが自然なように見えた。

「俺さ、中学の時の監督は大っ嫌いだったんだ」

「うん」

「いっつも威張り散らしてて、ご贔屓《ひいき》の部員以外のことなんか碌《ろく》に見もしないでさ。俺の方が、あいつより絶対ラグビーをわかってる。でも、そう言ったら親父にぶん殴られた」

「……」

「でさ、央学で山田監督に認められなかったら、おまえのラグビー人生は終わりだと思えって。親のくせに酷《ひど》いよね。まあ、そうなったらなったで、サッカーかバスケにいくからいいけど」

本気じゃないくせに、またそういうことを言う。この少年は、破天荒《はてんこう》なのか、規格外なのか、それともただの大馬鹿者なのか。瑞希には、判断がつかなかった。

けれど、いつも張り詰めた風船のようにはち切れそうだった逸哉を追い詰めているものがなにか、ようやくわかった気がした。逸哉は注目され慣れているから、放っておかれる状況に戸惑い、酷く動揺《どうよう》しているのだ。

少し考え、瑞希は逸哉にこう言った。

「だったら……、監督に振り向いてもらえるように頑張ればいいじゃない」

「もっと頑張れば、振り向いてくれると思う？」

「きみ次第だよ、全部」

そう請け負って、瑞希は頷いた。

逸哉はわかっているだろうか。自分次第で世界のすべてを変えられる人間が、一握《ひとにぎ》りだということに。瑞希みたいな凡人にはどうひっくり返ったってできないことが、きっと逸哉ならできる。

「チームを上手く機能させられるかどうかは、逸哉君次第だと思う。監督だけじゃないよ。みんな、逸哉君のことを待ってるんだよ」そう言ってから、瑞希はグラウンドの時計を確認した。もうてっぺんをまわっている。「だから、一緒に帰ろう。白虹寮に」


今日も、きっとよく晴れる。

高く澄み上がった空を見上げて、瑞希は手を伸ばした。あの空の彼方《かなた》まで、手が届くといいのに。でも、瑞希の手は、残念なことにそんなに長くない。

昨夜は、結局一睡もできなかった。早々に朝食作りを終えて、ちょっと白虹寮の外へ出てきてみたのだ。時刻は五時前。ふと目をやると、恐ろしいことに、校舎側のサッカーグラウンドにはもう一年生が出てきていた。どうやら恒生や章雄の姿はないようだが、一分ごとに人数が増えていく。

感心な高校生たちに倣《なら》って久しぶりに前屈をしてみたら、手は地面に掠《かす》りもしない。それでもひいひい言いながら瑞希が柔軟もどきをしていると、後ろからぷっと噴き出す声が聞こえた。

「……もしかして、それで全力？　瑞希さん」

「っ……!?」

ぎょっとして振り返ると、そこには笑いを堪《こら》えている逸哉がいた。逸哉の目の下にはクマがあるようだったが、瑞希の比ではないのは確かである。若さが憎い。すると、遠慮《えんりょ》なくけらけら笑っている逸哉を、苦笑した龍之介が小突いた。

「おい、そういう言い方は悪いだろ」そのフォローに逆に傷つく瑞希である。「おはようございます、瑞希さん」

そんな言葉を交わしている間にも続々と一年生たちが集まってきた。それを見て、瑞希は目を瞬いた。

「おはよう。えっと……、これからみんなで朝練するの？」

逸哉も一緒に？　おそるおそる瑞希が伺うと、彼らは一様に頷いた。瑞希は、思わず笑顔になった。

「……そっか。頑張ってね」

「──それじゃ、昨日の反省会でもやろうぜ。初心者だらけの急造チームなんかに、二度も負けんのは勘弁だし」

グラウンドに上がるなり、いきなりタメ口でそう仕切り出した逸哉に、瑞希は青くなった。確かにバックスはほとんどが一年生だ。だが、センターコンビの片割れだけは二年生だった。十三番の浅井《あさい》歩夢《あゆむ》である。飛んでいって、逸哉に代わって歩夢に謝りたい。いや、オカアサンかよ自分。

すると、逸哉はちょっと苦笑した。たぶん、瑞希がハラハラとした視線を送っているのに気がついたのだろう。

「昨日は、フォワード戦では確かに競り負けましたよね。でもさ、俺、不思議なんすよ、歩夢さん。なんで俺らが勝てなかったのか」

急に敬語になった逸哉に、歩夢は驚いたように目を瞬いた。その顔は、困惑一色だった。もしかすると、バックス唯一の二年生として、他の上級生との板挟みになっているのかもしれない。フォワード唯一の一年生のもぐもぐ君と同様に。

歩夢は、困ったように頭を掻《か》いた。

「そ、そうか？」

「確かに図体はデカかったっすよ、桃工は。一年であそこまで体作ったんならご立派。けどさ、気付きませんでした？　あいつら走り込みは全然足りてないっすよ。去年ラグビー部ができるまで、グレてタバコでも吸ってたんじゃないかな。後半、ほとんどの奴が足が止まってたでしょ」

「ああ……、そうだったかも」

　大人しそうな歩夢は、少し考えてから頷いた。

「気をつけんのは、経験者のスタンドオフが蹴るキックくらいです」そう言ってから、逸哉はこう続けた。「フォワードがやられてんなら、俺らバックスがフォローしましょう。ボール持ったら、何度でもサイドに振ってあいつらを走らせる。そうすりゃ、後半は絶対スタミナ切れを起こします。そっからはボコボコにできるでしょ」

「簡単に言うなよ、おまえ」

　歩夢はちょっと心配そうだ。逸哉は、ふっと笑った。

「だから、これから一週間みっちり対策練習するんでしょ」そして、逸哉は続けた。「つーか、そもそもからして疑問なんだけどさ、フォワード戦で負けたのも謎なんすよね。だってさ、央学フォワードが桃工に負けてるとこなんか一ミリもないもん」

　あっさりと断言した逸哉に、瑞希は目を丸くした。そう思ってるんなら、どうしてそれをフォワードの前で言わないんだ、おまえは。

「そうか？」

ボロ負けだった昨日を思い出したのか、歩夢も首を捻《ひね》る。歩夢と一緒になって考え込んでいた龍之介が、配慮に配慮を重ねた物言いをした。

「でも、俺もスクラムであんなに押されたのは意外でしたよ。先輩たち、気が引けるとこでもあったのかな。……ほら、正直怖かったじゃないっすか。桃工の見た目」

その意見に、逸哉を除いたバックスの面々が一様に頷く。『俺も怖かった』。

しかし、歩夢が嘆《なげ》くように言う。

「……けどさ、対策ったって、バックスにもフォワードにも助っ人いれなきゃまわらないしな。助っ人じゃモチベーションも違うし。どんなに頑張ったって穴が一個でもあったら駄目だ。助っ人のとこで崩れるんじゃないか？」

「でも、その穴埋まるかもしれないですよ」

「え？」

「サッカー部の恒生がいるでしょ。あいつ、ボールキャッチも結構上手いし、花園までにはヤスシが絶対捕まえてきますよ。ヤスシはしつこいから」

「花園って、……おまえな」

「でも、もしホントに薫の兄貴も帰ってきて十五人揃ったら、夢のまた夢が、夢くらいには近づくかもしれませんよ。布陣、完璧だもん」

そう言って、逸哉は笑う。その笑顔に気圧《けお》されたように、バックスの面々にも不思議な笑いが広がった。

済《な》し崩しに逸哉に説得された話し合いが終わると、バックスは練習に入った。ふと見ると、逸哉は龍之介と二人でなにか繰り返し練習している。あれは、瑞希の目には張り手もしくは平手打ちにしか見えないハンドオフの練習だ。

そして、一時間ほど経った頃、ふいにヤスシが現れた。どういう魔法を使ったのか、その背後には本当に恒生がいた。早朝にもかかわらず、すでにバックス全員がグラウンドに揃っているのを見ると、喜び勇んでヤスシは恒生と一緒に部員たちの中に飛び込んでいった。

「なんだおまえら、バックスだけで秘密特訓か!? そうならそうと誘えよな、水臭《みずくさ》いぞ!」


スポーツドリンクでも作って差し入れようと、瑞希は一度白虹寮に戻った。

そこで、目を瞬いた。食堂から話し声がするのだ。顔を覗《のぞ》かせてみると、そこには——フォワードの面々が集まっていた。もぐもぐ君もいる。みんな、瑞希が餌付《えづ》けに仕込んだおにぎりを食べながら、真剣な顔で話し合っていた。

「やっぱスクラムだよなぁ、厄介《やっかい》なのは。次も同じ審判が来るんだろ? 昨日あれだけコラプシング取られると、来週も絶対不利だよな」

　ブツブツそう言っているのは、最前線《フロントロー》の真ん中を担う部長の啓太だ。その啓太に、八番《ナンバーエイト》の真斗が言う。

「でもしょうがねえじゃん、花園予選でも同じ審判来たらやべえぜ。今のうちに印象ひっくり返しておかないと」

花園。奇しくも、逸哉が今グラウンドで口にした言葉が、フォワードからも出た。

「とにかくさ、敵ボールスクラムの時はひたすら耐えるしかないよな。桃工より十センチは低く入って、なんとしても踏ん張ろう」

「じゃあ、マイボールの時はどうする？」

　その会話に、瑞希は急いで部屋にカツオノートを取りに戻った。確かどこかに、スクラムについての指南があったはず。――あった。それは啓太のカツオノートだった。

　瑞希が戻ると、食堂では、カツオノートとまったく同じ作戦が組み立てられていた。真斗が、腕組みしながらこう言う。

「だから、マイボールスクラム貰ったら、ダイレクトフッキングで即ボール出しすればいいんじゃねえ？　でさ、スクラムハーフの蒼士か、スクラム最後尾担当のナンバーエイトの俺がそのボールを活《い》かすと」

「頼むぜ、啓太。あとで蒼士呼んでみっちり練習しようぜ」

　ダイレクトフッキングとは、マイボールスクラムを可能な限り速く終わらせて敵の隙《すき》を衝《つ》くプレイのことだ。スクラムハーフが投入したボールを足で受け取るフッカーが、踵《かかと》の一蹴りで即座にスクラム最後尾までボールを送る。カツオノートでは、フッカーの啓太が練習すべき最重要課題になっていた。

「簡単に言ってくれるよな、ホント」

　フォワードの中では小柄な啓太は、自信がなさそうだ。

「でも、昔は監督に言われて死ぬほど練習してたじゃん」

「そうだけどさ」啓太が、ちらりともぐもぐ君を見て、それから奥歯に物が狭まったような言い方をした。「……あの頃は監督も張り切って指導してくれてたし、花園がもっと近いと思ってたから」

　すると、ずっと黙っていた薫が口を開いた。

「えっと……。兄ちゃんは、きっと帰ってきます」一斉に薫に注目が集まる。薫は、おにぎりを置いて頷いた。「だから、桃工なんかに負けてる場合じゃないっす。来週は勝ちましょう、絶対」

　その一言で、方針は完璧に固まった。フォワードの面々は、立ち上がってグラウンドへ走った。もう誰一人として、後《おく》れを取る者はいなかった。

桃工との二度目の練習試合当日は、嵐のような強風が吹き荒れていた。猛烈な風が、瑞希の髪を何度も攫《さら》った。坂の下にある野球場から砂塵《さじん》が舞い上がり、渦《うず》を巻きながらこちらを襲ってくる。空気の流れがはっきりと目に見えるようだった。

上空に浮かぶ重い雲が、風に押されてぐんぐん流されていく。わずかに雨粒が降ってきたのは、試合開始五分前のことだった。

「……うわあ、酷い天気ですね。今日って、試合中止になっちゃうんでしょうか」

「大丈夫、雨天決行ですよ。雷以外では中止しないのがラグビーです」

強風も雨も意に介さず、ヤスシは微笑んで頷いた。

「ラグビーは、自然と共にある競技なんです」

「本当に……、厳しいスポーツなんですね」

「でも、魅力的です。観ているだけでも面白いでしょう」

「はい」

素直に瑞希は頷いた。その反応にちょっと嬉しそうにヤスシは微笑んで、それから顔をしかめた。

「……けど、この天気は桃工に有利に働きますね」

「え、どうしてですか」

「雨粒とか風で、手元が滑りやすくなるんですよ。今日はたぶん、ボールを前に落とすノックオンが多くなるでしょうね……。どういうことかわかります？」

「フォワード勝負ってことですか」

「そういうことです」


試合開始のキックオフは、桃工だった。

キッカーは、逸哉たちと中学時代に因縁《いんねん》があるらしいあの佐川だった。佐川の蹴ったキックは、ちょうど逸哉の胸元へ収まった。その瞬間、示し合わせたように走り込んでいた桃工の巨体が、猛烈な勢いで逸哉にタックルをかけてくる。あっという間に、倒れた逸哉は集団の中で見えなくなってしまった。

「……うわ、やられたな。逸哉が狙い撃ちにされましたね」

「というと……」

「央学エースの逸哉にボールを捕らせてタックルで倒してラックの下敷きにしちゃえば、次のプレイに参加できなくなるでしょ。央学《ウチ》にペースを摑《つか》ませない作戦です」

「そ、それって……、対策は取れないんですか」

「逸哉がチームの中心なのは、隠しようがないですから。俺が桃工側でも、同じ作戦を取りますよ」

ラックに駆けつけたスクラムハーフの蒼士が、急いでボールを出す。あのお調子者一年生の翔平《しょうへい》が、今は真剣な顔でパスを受け取った。しかし、その瞬間激しくタックルを受け、ボールが零《こぼ》れた。笛が鳴る。最初のノックオンを喫《きっ》したのは、央学だった。桃工ボールのファーストスクラムである。

しかし、ここからが先週の展開とは違った。

「クラウチ、バインド、セット！」

審判の声と共に、スクラムを組んだ両チームのフォワードが激しくぶつかり合う。雨が人工芝を濡らして足元は酷く滑るはずなのに、低く構えた央学のスクラムが押されることはなかった。

耐えるしかない。真斗はそうとだけ言っていたし、誰もそこには反論しなかった。どれほど苦しくても、勝利のためにフォワードは耐えるしかないのだ。今までバックスのメンバーにばかり目がいっていた自分を、瑞希は馬鹿だと思った。その瑞希の目の前で――央学の八人は、本当に見事に耐え抜いた。

桃工スクラムハーフが、ボールを出した。そこからパスを受けた佐川が、また逸哉を狙ってキックを蹴る。しかし、今度は逸哉が速かった。タックルを食らうより先に、弾丸のようなパスが飛ぶ。今度は翔平が上手く取り、大外を走る龍之介に渡った。桃工の巨体が、雨に滑る人工芝の上を、サイドへ向けて必死に追いかけていく……。

それは、瑞希の瞼《まぶた》の向こうで、逸哉が描いた試合展開と完全に重なっていくように見えた。


「瑞希さん、やっぱり今からでも寮に傘を取りに行ってください。このままじゃ、風邪《かぜ》引いちゃいますよ」

何度目だろうか。自分も濡《ぬ》れ鼠《ねずみ》みたいになっているくせに、ヤスシがグラウンドから目を離さず言う。瑞希は首を振った。

「いいんです。ここで、みんなを観ていたいから」

雨粒は、どんどん大きく重くなっていった。強風と大雨の中で、それでも央学の十五人は戦い続けた。

龍之介が、タッチラインぎりぎりを駆け抜けていく。その走力は、心なしか清大付属戦の時よりも増しているように見えた。タッチラインの外へ龍之介を弾き出そうと、桃工の猛烈なタックルが襲う。龍之介は一人目のタックラーをなんとか躱《かわ》したが、バランスを崩したところに突っ込んできた二人目は駄目だった。倒される前に、なんとかパスを出す。

風に乗って、ボールが遠く飛んだ。そのスピードすらをもまるで狙ったかのように、逸哉は浮いたボールに追いついた。

逸哉はそのままステップを切り、桃工ディフェンスの隙間《すきま》を駆け抜けていった。背面方向へ戻らなければならない桃工より、すでにスピードに乗っている逸哉の方がずっと速かった。

もう誰も、逸哉には追いつけない。

「行け、逸哉！」

即座に立ち上がって逸哉の背を追う龍之介の声が、瑞希の耳に響く。桃工ディフェンスの最後の一人が追いかけるのを諦めても、龍之介は逸哉の背中を追った。

そのまま、逸哉は見事にトライを決めた。


猛烈に吹き荒れる強風の中で、逸哉が慎重にボールをティーにセットする。コンバージョンキックを蹴るのだ。グラウンドの逸哉を、瑞希はただ一心に見つめた。

その瑞希を、逸哉がちょっと笑って見返す。虚勢か、それとも、本物の自信？　瑞希にはもう、わからなかった。だから、ただ、逸哉の名前を口の中で呼んだ。

「……逸哉君っ」

龍之介が水浸しのグラウンドに体を横たえて、風に煽られるボールを支えた。逸哉が蹴る直前、龍之介が手を引く。激しい風雨を切り裂くような美しい軌道が、ゴールポストの彼方《かなた》へ消えていった。

先週が嘘のように――二度目の桃工戦は、央学の完勝で終わったのだった。

第三話

八月の夜空——

二人を載せた脆い天秤

苦しい。胸が詰まって、息ができない。

この感覚は、いつから続いているのだろう。

逸哉《いつや》はいつも、夢の中で追いかけていた。おそらく、ボールを。けれど、あと少しだというのに、どうしても届かない。それでも、逸哉はどこまでも駆けた。駆ければ駆けるほど、足掻《あが》けば足掻くほど、ボールは遠ざかっていくようだった。追っているのか、なにかから逃げているのかわからない。

ただ、ボールがある場所まで行くことができれば、息ができるのだと思っていた。幼い日に見たボールを摑《つか》む父は、いつだって生きていたから。あそこまで行けば、きっと息が自由に吸えるのだ。そこから、本当の生が始まる。


目が覚めると、龍之介《りゅうのすけ》が部屋を出るところだった。

「……悪い、起こしちゃった？」

「いや、もう起きるつもりだったから」

「そう。じゃ、お先」

「待って」

「え？」

「おまえさ、まわりに気ィ遣いすぎ」

「……」

「もっと自己中になれ。その方がいい」

「……考えとく」

短く答え、白虹寮《しろにじりょう》の二人部屋で寝起きを共にしている龍之介が出ていく。

逸哉もさっさと起き上がってシャツを脱いだ。練習試合の対策が必要な時以外は、また朝練は個人練習に戻った。本当は夜中の方が頭も感覚も冴えるから好きなのだが、そういう逸哉を彼女は酷《ひど》く心配する。だから、しょうがない。

追いかけていたボールは夢の彼方《かなた》に消え、代わりに焦燥《しょうそう》感は重苦しく胸に圧《の》しかかっている。宙を走る矢のようにすぎていく日一日が怖い。追いかけるボールを間違えているんじゃないかと迷うことすらあった。どうして、自分はこんなにも焦っているのだろうか。

その答えは、夢の中にしかないような気がした。

＊＊＊

――自己中になれ。

部屋を出る時に投げられた逸哉の声が、ずっと耳に残っている。

早朝だというのに、もう山道は明るかった。山の中はまだ涼しいが、夏が近いのだ。地面を這《は》い蹲《つくば》る龍之介を焼いてやろうと、太陽が梢《こずえ》の隙間《すきま》から覗《のぞ》き込んでいる。湧き出た汗は風を切るたびにすっと引き、また新たな汗が肌を濡らしていく。

龍之介は、ずっと逸哉の背中を追いかけ続けてきた。ラグビーを始める前からだ。なにをやっても、逸哉は龍之介の先を行った。逸哉の背中はみるみる小さくなる。けれど、龍之介を置いていくこともなかった。絶対にその背に、手を届かせないくせに。

「……自己中、か」

逸哉がなんの話をしたのかはわかっている。龍之介の性格の話なんかじゃない。逸哉は、呆《あき》れるくらいにラグビーのことしか話さない。違う話題の時でも、いつも頭の中はラグビーでいっぱいだ。

山頂に着くと、龍之介はちょっと息を吐いた。走り込みのタイムは、目に見えて縮まっていた。どこを走る時も、もう以前のような引け目を感じることはなかった。

雨の季節が去っていく。季節を変えていく時間よりも速く鋭く、あのグラウンドの上を走ってみたい。なによりも、誰よりも、——逸哉よりも速く鋭く。

＊＊＊

梅雨《つゆ》がすぎ、七月の試験期間が終わると、夏休みに入った。一度帰省を挟んで、部員たちは再び央学《おうがく》に戻ってきた。容赦《ようしゃ》ない夏の陽光の下で、彼らはあっという間に真っ黒焦げになっていった。部員たちの真似《まね》をして、インコのラグ男も『アツイヨアツイヨー』なんて鳴いている。

この日も夏空のグラウンドに立って、瑞希《みずき》は練習を眺めた。

「みんな頑張ってますね、ヤスシ先生。今やってるのって、サインプレイの練習ですか？」

「そうそう、ブレイクダウンからの攻撃の型を練習しているんです。かなり息が合ってきたでしょ？」

グラウンドには、カツオの伝手《つて》で助力をお願いした央学OBが、フォワードコーチやバックスコーチとして、入れ替わり立ち替わり訪れてくれていた。さらには、メディカルトレーナーに食事サポーターまでもが現れ、スポーツ栄養学や応急処置などについて美代子《みよこ》の蔵書で学んでいた瑞希も細かく指導を受けた。

けれど、やっぱりメインは選手たちだ。コーチたちの指示の下で、フォワードとバックスが混在して陣形を組み、部員たちはグラウンドを何周も駆けた。

何人かはタックルバッグを持って、ディフェンス役をしている。スクラムハーフの蒼士《そうし》がボールを出して、スタンドオフの逸哉が受け取った。ここが攻撃の起点となって、飛ばしパスやクロスやループの練習を繰り返すのだ。

「ほら、あれがループですよ。パスを出した逸哉が、すぐに翔平《しょうへい》の後ろにまわってまたパスを貰うんです。わかりますか、瑞希さん」

「ギリギリ、なんとか。……いや、見栄張りました。ほぼ置いてかれてます」瑞希は素直にそう白状した。「みんなのスピードが速すぎて、正直ボールを目で追うのがやっとですけど。でも、見てるだけでも面白いですよ、ホント」

何度見ても、瑞希にはこのサインプレイの数々が魔法のように見えた。ほら、今だって、逸哉側に立つインサイドセンターの翔平がパスを受けるのかと思ったら、いつの間にかボールはその向こうに渡っている。でも、こんな目にも留《と》まらない魔法のようなパスにも、敵のディフェンスはそうそう惑わされてはくれない。

だから、練習もそういう風に行う。今度は大外でボールを受けた龍之介がタックルで倒されて、またブレイクダウン。

「頑張れっ、龍之介君」

瑞希がそう呟《つぶや》いている間に、もう龍之介は立ち上がっていた。龍之介が倒されるのを見ても、以前のように心臓が潰れるような思いはしなくなった。

しかし、瑞希の慣れを差し引いても、最近の龍之介には大きな変化があった。なにか尋常でない迫力があるのだ。タッチライン際の競り合いにも鋭さを見せるようになってきた。

出会った頃よりもずいぶん龍之介は日焼けして背が伸び、体はガッチリとして大きくなった。少女みたいな龍之介の横顔に密かに癒《いや》されていた身としては、少し寂しくもある。でも、この年頃の少年というのは、そういうものなのかもしれなかった。

ヤスシがいつか予言した通り、ラグビー部には恒生《こうせい》以外にも中途入部組が増えていた。五月にサッカー部から来てくれた恒生はといえば、龍之介と対《つい》になるウィングにまず入ったが、今は十五番のフルバックに移っていた。ラグビーチーム十五人の最後尾《フルバック》を守るポジションだ。守備の最後の砦《とりで》でキック処理が上手《うま》く、２０１５年ワールドカップで活躍した、あの五郎丸《ごろうまる》のポジションでもある。

県内のライバル校との練習試合も続いている。瑞希はカツオから受け継いだ例の部員別ノートを広げた。

「……結局、ここまでの桃工《ももこう》との戦績は二勝一敗でしたね」カツオノートを捲《めく》って、瑞希は続けた。「それから、県内ナンバーツーの美祢ケ丘《みねがおか》とは二戦二敗です」

「でも、点差は詰めてますよ。一戦目は三十二対十四だったけど、二戦目は十九対十四」

ヤスシによると、実力が拮抗《きっこう》してくると二、三トライで試合が決まるケースが増えるらしい。

「花園《はなぞの》予選までに、希望はあるんですか？」

「もちろんです。本番はさすがにもっと対策を取られるだろうから、簡単にはいかないと思いますけど。でも、秋にはここまでの実力差はないはずです」

央学のあるこの県は、そもそもラグビー部のある高校の数が少ない。だから、花園予選は激戦区よりも一か月遅く、十月から始まるのだ。それまでに、今の実力差を本当にひっくり返せるかどうか。いや、その前に。

「……清大付属Bチームとの対戦結果は、四十対二十一でしたね。天城《あまぎ》君もいなかったのに」

瑞希が水を向けてみると、さすがのヤスシもすぐには答えを返さなかった。

清大《せいだい》付属Bチームにお相手をしていただいたのは、先週のことだった。しかし、瑞希の目から見ても試合は防戦一方。ジリ貧もいいところであった。本番の相手は、さらに上のAチームなのだ。あと三か月でなんとかなるとは思えない。

「うちのお父さん……。監督が早く戻ってくれるといいんですけど」

「そうですね。……でも、監督はきっと間に合わせてくれますよ。信じましょう」

ヤスシは、力強くそう言った。

しかし、結局カツオからはなんの連絡もないまま、日々はすぎていった。八月に入ると、とうとう花園予選前の最後の合宿が始まる。ラグビーの聖地、菅平《すがだいら》高原に行くのだ。

「お疲れ様でした！」

清々しいほど大きな声が、グラウンドに響いた。

菅平合宿の準備と調整が終わり、いよいよ出発を明日に控えたその夜、部内壮行会を催《もよお》すこととなった。ヤスシがレンタルしてきた道具で、野外でカレーパーティーをするのだ。

白虹寮の広大な駐車場から、もくもくと白煙が上がり始めた。

当然ながら、今夜のメインディッシュはカレーである。

用意周到な龍之介が、朝から飴《あめ》色になるまで育てるように玉葱《たまねぎ》を炒《いた》め始めた瞬間、白虹寮の空気が変わった。

「マジで？　おまえ、そっから頑張るの？」

「当たり前でしょ。だって、合宿は五泊六日もあるんだぜ。これが最後の晩餐《ばんさん》じゃん」

ニヒルに——いや、たぶん自棄《やけ》気味に笑って、龍之介は玉葱《たまねぎ》をさらにもう一球《ひとたま》微塵《みじん》切りに刻んだ。瑞希が普段刻むそれの半分以下の細かさである。

「最後の晩餐って、大袈裟《おおげさ》じゃね？」

「……それがそんなことないんだよな」

そう口を挟んだのは、部長の啓太《けいた》だった。啓太ら経験者によると、夏合宿は毎年地獄の様相を呈するらしい。一瞬静まったあとで、すぐに央学ラグビー部員たちは盛り上がった。

「よっしゃ、こうなりゃ俺らもやろうぜ！」

「おう！」

どうせやるなら史上最高のカレーを作ろうと、ラグビー部員たちは一丸となって燃え上がった。逸哉は瑞希が買ってきた牛すじ肉を煮込み始めたし、ニンニク教信者の真斗《まなと》はせっせと何球《なんたま》もニンニクを刻んだ。美代子が去年の秋に植えていたのを収穫したニンニクは、この夜綺麗《きれい》に使い果たされてしまった。

「真斗、おまえ臭《くせ》えよ！」

「おまえらもこれから臭くなるんだからいいだろ！」

「え、啓太さん、それ自腹で買ったの⁉」

「実は実家戻った時に仕込んできたんだよ」

嬉しそうに部長の啓太は答え、いちいち細かく計量して香辛料を炒めている。

ナンをこねているのは翔平だし、歩夢《あゆむ》はこれまた美代子の家庭菜園からパセリを採ってきて細かく刻み、バターライスを仕上げていた。火熾《お》こしをしている面々はやたらと楽しそうで、飯盒《はんごう》を借りてこなかったヤスシはしばし白い目で見られた。

その気合いの入りように、瑞希はちょっと呆れた。だけど、出来上がった手作りカレーは絶品だった。

「わ、美味《おい》しい！　これ、お店に出せるよ」

「でしょ!?　ねえ瑞希さん、ナン食べてよー」

「いやいや、女子はバターライスでしょ!?」

味見だけで半分近く食べている部員たちが、嬉しそうに次から次へと皿を持ってくる。

どこから引っ張り出してきたのか、カキ氷機まで登場する始末である。

そのうちに花火の封が開けられ、あちこちでパチパチと極彩色《ごくさいしき》の火花が散った。夏の匂《にお》いが辺りに満ちていく。

「ロケット花火はまずいっしょ」

「全部回収行けばいいだろ」

「ねずみ花火はあり？」

「ありあり！」

竈《かまど》の炎も、まだ煌々《こうこう》と輝いている。見上げると、天《あま》の川《がわ》が白く煙《けぶ》っていた。

いい夜だった。こっそり冷蔵庫に貯蔵している缶ビールでも取りに帰ろうか。瑞希はそっと喧騒《けんそう》を抜けて、白虹寮に一人戻った。


明朝の仕事を減らそうとついでにゴミ出しをしていると、瑞希は目を瞬いた。白虹寮の裏手で、ヤスシと出くわしたのだ。

「……企画者がなにしてるんですか、こんなところで」

缶コーヒーを片手に煙草《たばこ》を吸っているヤスシに、瑞希はそう声をかけた。

「だって、いない方が盛り上がるでしょ。大人《おれ》は」

「そりゃまあそうだ」そう苦笑して、右に同じく大人の瑞希はヤスシの隣に座った。久しぶりのヤンキー座りである。「煙草吸うんですね」

「普段は禁煙してるんですけど、たまにね。煙嫌です？」

「平気です。ヤスシ先生もビール飲みますか？　まだ寮の冷蔵庫にありますけど」

「帰り原付なんで」

「ああ、そうでしたね」

瑞希は頷《うなず》いた。ヤスシは、二駅先にあるアパートから原付で通っているのだ。カレー祭りの喧騒を遠く聞きながら、瑞希はふとこう呟いた。

「みんな楽しそうですね。ヤスシ先生のおかげですよ」

「だといいんですけど。ラグビーで勝つことも大事ですけど、やっぱり高校時代の思い出も大切ですから。自主自律っていうとあいつらはまだまだだけど、あの年頃でも楽しむことだけは一人前にできるじゃないですか。なるべくあいつらに央学ラグビー部に入ってよかったって思って欲しいんです」

ヤスシが、夜空を見上げて煙草を吹かす。煙草の先に溜まる灰の中で、オレンジ色の炎が輝いた。

「……こうしてると、なんだか自分の学生時代を思い出しますね」ヤスシは言った。「実はね、瑞希さん。俺、学生時代はずっと陸上をやってたんです」

「え、そうだったんですか？」

「スポーツ全般観戦は好きでしたから、ラグビーも観てましたけどね。陸上では故障が続いて、頑張っても目に見える成果が出なくて、消化不良のままなんとなく諦めたんです」

ヤスシらしからぬ思い出話に、瑞希は目を丸くした。『なんとなく』でなにかを諦めるなんて、この男が一番嫌いそうな行動なのに。

「教師はその頃から目指していたんですか？」

「全然。まあ、まわりも取ってたから大学で教免は取りましたけど。そんな根性なしが教師なんかなったって、子供たちになにかを教えられるわけないし、普通に就職したんです。かといって、就職して始めた営業の仕事も、ピンとくるわけでもなく……」

「仕事なんて、そんなもんですよ」

瑞希がそう言うと、ヤスシはぷっと苦笑した。

「ホントにそう思ってます？」

「え？」

「そう思ってたら、こんなにうちの部に付き合ってくれないと思いますけど」

瑞希はちょっと黙った。確かに今や日常生活のほとんどが寮母としての時間だが、それはヤスシも同じである。今だって、時間外労働だ。もちろん手当てもない。この数か月で少しだけ成長した央学ラグビー部員の面々は、これが当たり前でないことに気がついているんだろうか。

「俺ね。央学に採用が決まって、陸上部には顧問《こもん》がいるけどラグビー部なら空いてるって言われた時、これだって思ったんです。陸上やって伸び盛りの子供を嫉妬《しっと》なしに見るのはたぶん一生無理だけど、ラグビーなら全然知らない分、一から一緒に学べるでしょ。人生で挫折《ざせつ》を避けることはできないけど、それでも結局前に進むしかないですから」

「だから……、恒生君を誘ったんですか」

「恒生は、サッカー部のことでずいぶん悩んでたみたいでしたから。ほら、サッカー部は二百人以上部員がいるでしょう。なかなか大変なんですよ。ちょっと共感できるからかな。思うところがあるんだろうなというのは、ずっと感じてました」そう言ってから、ヤスシは笑った。「贔屓《ひいき》は駄目だけど、後ろ向きな奴の方がどうしても思い入れは大きくなっちゃいますね。俺、案外根暗だから」

ヤスシの話に肩をすくめて、瑞希はこう答えた。

「いいんじゃないですか。下手《へた》に陸上部の顧問になって、生徒の運動靴《ぐつ》に画鋲《がびょう》を仕込むような根暗さよりも、ずっといいですよ」

「……だいぶ低いとこ攻めるっすね」

困ったように、ヤスシが笑う。瑞希も笑った。

「だって、ド底辺ですもん」自虐《じぎやく》っぽくそう言って、瑞希は携帯の日付を見た。「あー、もう八月かぁ。わたしも、これからどうしようかなあ……」

けれど、その時だった。ひょっこりと顔を出した翔平たちが、こちらを発見して大騒ぎした。

「……えーっ!?　ヤスシ先生と瑞希さん、そこでなにしてんの!?」

「え、マジ!?　二人、そういう感じ!?」

『えー』とか『ぎゃー』とか、よくわからない悲鳴が次々上がって、部員たちが一斉にこちらにわらわら集まってきた。

「はあ……、やれやれ。騒ぐな騒ぐな、子供たち」

わざとらしく大きなため息をついて、瑞希は立ち上がった。

数か月白虹寮で暮らしてみて、瑞希もしみじみ感じることがあった。全寮制男子校かつ携帯禁止というだけあって、部員たちも央学生も、その辺の高校生よりずいぶん奥手なのだ。オッサンみたいな格好をしていたって、彼らの反応にちょっと困る時がある。

三十目前で恋人に捨てられたという、見るからに哀れを誘う履歴《りれき》もまずかった。噂《うわさ》を聞きつけた他部の少年からの、瑞希《みずき》を助けたいという純粋な動機から来る告白未遂《みすい》をギリギリで避けたこともあった。大人からすればそんなもんは恋じゃないのだが、あっちはそうとは思っていない。

美代子は息子を育てたことがないから、そこら辺をあんまり深く考えていなかったのかもしれない。よって、最近の瑞希の通常装備は中学時代のダサいネーム入りジャージである。三十路《みそじ》を前にして、恐ろしいほど女子力が低下している。まったく理不尽極まりない。鬱憤《うっぷん》晴らしに加え、いい機会だと、ひんやりとした笑顔で瑞希は宣告した。

「マジでないから、安心してくださいよ。体育会系とか、あり得ないから。生まれた時からあの頑固親父《おやじ》だけでお腹いっぱい、充分間に合ってます。筋肉とか汗とか、要らんから」

「……それはそれで落ち込むんですけど！　瑞希さん」

翔平が笑う。あれ、でも、ちょっと泣いている。瑞希はもっと大きくワハハと笑った。

「大丈夫だって。花園行けば、たっくさん可愛《かわい》い女の子が応援してくれるよ。女子高生と付き合えるのは高校生のうちだけだよ？　だから、とにかく合宿頑張って」そう言ってから、瑞希はわざとらしく腕時計を示す仕草をした。「ほらほら、そろそろ片付けして寝ないと、明日寝坊するよ！」

「――おー、着いた着いた！　菅平だ！」

部員たちが、一斉に歓声を上げる。

瑞希までもが運転手として動員されたワゴン二台で移動すること、数時間。ようやくたどり着いた菅平高原の町には、昨夜の花火が上げた白煙のような、幻想的な霧が煙《けぶ》っていた。誰かが窓を開けると、途端にひんやりとした風が吹き込んだ。

「うお、涼しい」

三十メートル先が見えないような霧に覆《おお》われたアスファルトを、数か月季節を早送りしたような気候の中、ワゴンはゆっくりと進んだ。

長野県上田《うえだ》市に位置するこの地には、三桁《けた》を越えるラグビーグラウンドがあり、今の季節には無数のラグビーチームが合宿に訪れる。戦前からの歴史を持つ、ラグビーの名所だ。宿泊施設がグラウンドを所有していたり、この時期にだけラグビーショップがオープンしたりと、まさに夏のラグビータウンと呼べる土地なのだ。

ラグビーは、基本的にウィンタースポーツだ。花園予選も秋から始まり、本大会の決勝は正月に行われる。だから、炎天下での試合対策は必須《ひっす》ではない。避暑や高地トレーニングも兼ねて、八月の菅平高原には全国からラグビーチームが集まるのだ。そういうところと練習試合を組んで実戦感覚を養うことで、チームは完成する。

瑞希たちが宿泊するのは、カツオの高校時代の友人が知り合い向けに夏のみ経営しているという、コテージタイプの宿泊施設だった。

「お、あれじゃね？」

一年生が騒ぐ。じきに、目的のコテージが見えてきた。アットホームでこぢんまりとしているが、優しい風合いの木造仕立てのコテージだった。あちらこちらに鮮やかな薊《あざみ》の花が咲いている。車を降りると、中年スタッフが受付のあるコテージから出てきた。

「おー！　よく来たね、央学ラグビー部！」そう言ってから、男はふと、瑞希に目を留めた。「……あれ？　もしかして瑞希ちゃんじゃない？」

「えっ？」

ふいに名前を呼ばれ、瑞希は目を瞬いた。

その中年の男の肌はこんがりと日に焼け、半袖《はんそで》から覗《のぞ》いている二の腕は硬い筋肉に覆われている。スポーツ経験者なのは、一目でわかった。たぶん元ラガーマンなのだろうとは思うのだが、見覚えはない。それでも、慌てて頭を下げた。

「はい、そうです。山田《やまだ》瑞希です、こんにちは」

「おお、やっぱりそうかぁ！　あらら、ずいぶん大きくなったねえ。小さい頃おじさんと遊んだの、覚えてない？　あ、覚えてないか！　まだオムツだったもんなあ」

嬉しそうにそう喋《しゃべ》るその男は、名前を佐々木《ささき》と名乗った。カツオの友人で、このコテージの経営者だそうだ。母校である央学ラグビー愛が高じて、菅平で半分ボランティアのような夏季限定の宿泊事業まで始めてしまったのだという。

コテージで昼食を済ませると、央学ラグビー部員たちはさっそく練習試合の行われるグラウンドへと向かった。

合宿一日目。初戦の対戦相手は、清大付属Bチームだった。二度目の対戦である。観戦のため、佐々木も少し遅れて現れた。他にも数名、佐々木の友人らしき男女が、続々と集まってくる。佐々木に紹介され、瑞希は頭を下げた。

「……ああ、やっぱり瑞希ちゃんだったのね。そうじゃないかと思ってたのよ」

「すっかり綺麗《きれい》になっちゃって。よかったなあ、お父さんに似なくて」

OBや央学ファンたちが、息を合わせたようにわっと爆笑する。瑞希は彼らに頭を下げ、急いでお茶を配った。

こんな風に熱心に応援してくれているOBやファンが、低迷しているのも構わずに央学ラグビー部を追いかけて菅平入りするらしい。良い時にともに喜び、悪い時にはともに泣く、央学応援団だ。さすがは歴史と伝統ある元ラグビー強豪校である。

「それで、山田監督と美代子さんはどうしたの？　あとから来るの？」

「それが、ちょっといつ戻ってくるか、まだわからない状態でして……」

瑞希がもごもごと経緯をそう説明すると、央学応援団のリーダー格の佐々木は、大きく腕組みをした。

「そうかあ。噂《うわさ》だけは聞いてたけどなあ。花園予選までに帰ってくるといいなあ」

しんみりとした空気が流れ、一時《いっとき》誰もが黙り込んだ。グラウンドには、両チームの十五人がもう立っている。

やがて、ホイッスルが高く鳴り、練習試合が始まった。


Bチームとはいえ、清大付属のスタメンを争っている選手たちだ。やはり強かった。

試合開始直後はなんとか食らいつき、スクラムも善戦していたが、後半に入ると厳しかった。だんだんと、点差が引き離されていく。

「負けるなぁっ！　踏ん張れ央学！」

戦況を見守っていた佐々木が、押されていく央学を見て叫ぶ。試合は、もう残り時間もわずかとなっていた。

＊＊＊

「……」

清大付属Bチームにジリジリと押されて、龍之介は自分の手を見つめた。

刻一刻と時間がすぎていく。

それは、この試合時間だけの話じゃなかった。

花園予選が近づいているのに、負け。また負け。頑張ったけど、負け。でも、俺なんかにできること、ないから。また明日から練習頑張るけど、結果は同じ。誰かが見てくれることもないし、誰かの力になれることもない。逸哉もヤスシも監督も、……瑞希さんも、誰も俺なんか見ていない。誰かの一番になんか、なれっこない。

それで、いいのか？

ホントにこのままでいいのかよ。いつまでも、逸哉のようにはできないまま、逸哉のあとを影みたいに追いかけ続けるだけでいいのか、俺は。これまでも、これからも。

深く大きく、龍之介は息を吐いた。

ようやく霧の隙間《すきま》から覗き始めた青空を見つめて、龍之介は固く両手を握り締めた。

＊＊＊

その瞬間だった。

「あっ……」

瑞希は、思わず驚きの声を上げた。綺麗にループが決まって、央学アタッカーの最後の一枚が余ったのだ。ボールは、大外の龍之介に渡った。

その時——パッと空気が変わったような気がした。意を決したように一気に加速した龍之介が、敵のマークを躱《かわ》してグラウンドを大きく斜めに走った。

「……おおっ、あの一年足速ぇぞ！」

「行けぇ、決めろぉっ！」

央学ギャラリーが湧く。

「龍之介君……！」

感嘆《かんたん》以上に驚きの目で、瑞希は龍之介を見つめた。まるで、グラウンドを無尽に駆ける違う誰かを見ているような心地がした。

日焼けした龍之介の体軀《たいく》は、気が付けば、すっかり少年から男に変わっていた。

＊＊＊

不思議だった。無茶苦茶《むちゃくちゃ》に走ってやろうと思ったら、他のことがなにもかもどうでもよくなった。代わりに、今までになく体が軽い感覚があった。

一人抜いて、二人抜いて。

見事に敵を抜いた当の龍之介が、一瞬戸惑う。

パスか、ランか。いや、やっぱりパス……。

その逡巡《しゅんじゅん》が偶然にも絶妙な間になって、敵ディフェンダーの目が動いた。すかさず、後ろから叫び声が上がる。

「おまえが走れ！　龍之介！」

逸哉だった。

「！」

迷って泳いでいた龍之介の瞳の焦点が、途端にあるべき場所へと定まる。タイミングをずらされながらも必死に追いすがる敵タックラーに、龍之介はハンドオフを放った。その反動を利用して、龍之介はさらにスピードに乗った。

「……！」

その瞬間、ハンドオフを練習し始めてから——いや、ラグビーを始めてからずっと視界を覆《おお》っていた重い靄《もや》が、一瞬にして綺麗に晴れたような感覚があった。

あ……、これか。龍之介は思った。

いつだって、ラグビーのグラウンドは広すぎると思っていた。縦百メートル、横七十メートルってなんだよ、って。

でも、今初めて、これでいいんだと思えた。この広さを、俺が駆け抜けることができるから。

どうしてこんな簡単なことが今までできなかったのだろう？　この瞬間まではちっとも脳で処理できなかった敵味方の動きが、一気にわかるようになった。鋭く尖らせた光の切っ先を通すための穴が見える。あの先へ、あそこなら抜ける。

グラウンドの中央を横切って、逆サイドを目指すように龍之介は走った。敵陣深くへ、迷いなく切り込んでいく。

まさにそれは、菅平高原に吹く風のようだった。敵フルバックの最後のタックルを躱《かわ》し、龍之介はパスを受けたのと逆サイドにあるタッチライン際にトライを決めた。

続いて——、まるっきり他人事《ひとごと》みたいな、長く間延びしたホイッスル。

「はぁ……、はぁ……」

敵陣インゴールで立ち上がると、龍之介は霧が晴れたばかりの淡い青空を見上げた。空気はどこまでも温《ぬる》く重く、心なしか、肌に浮く汗すらも重く感じた。

さっき確かにトライを決めたばかりの左手を見ると、まだビリビリと震えていた。決めた？　本当に俺が？

歓声が背中を追いかけてきて、夢のように曖昧《あいまい》だった手応《てごた》えがだんだんと実感を帯びてくる。

どこか惚《ほう》けたような顔のまま、龍之介は自陣に戻った。

＊＊＊

グラウンドの外から、瑞希は龍之介の姿を目で追いかけた。その龍之介が、逸哉のコンバージョンキックを見守っている。

しかし、タッチラインぎりぎりで決まったトライの延長線上で蹴《け》るコンバージョンキックには、角度がほとんどない。

その厳しいキックを、逸哉は外してしまった。

「あ……。逸哉君……」

ボールは白いゴールポストを外れ、遥《はる》かに飛び去っていく。

逸哉がコンバージョンキックを外すのを見たのは、瑞希にとってはこれが初めてだった。

結局、央学の得点は龍之介のトライのみで清大付属Bチームとの対戦は幕を閉じた。

＊＊＊

その後全体練習とミーティングをこなし、合宿一日目は終わった。逸哉はその時、コテージの大部屋で荷物を整理していた。

「これからみんなでコンビニ行くんだって。逸哉も行こうぜ」

「ああ、……うん」

誘いに頷《うなず》き、逸哉は立ち上がった。フォワードの先輩たちもいる。言葉通り、『みんな』だ。

菅平高原には、観光地らしく茶色い看板を掲げたコンビニが一軒しかない。けれど、央学近辺にはコンビニどころか個人商店すら一軒もないから、羨《うらや》ましい限りだった。

コンビニに入ると、清大付属のラグビー部員数人とかち合った。一年生ばかりのようで、その中に天城圭吾《あまぎけいご》がいた。

「ああ、榊野《さかきの》じゃん」

顔を上げた天城は、仲間に目で合図してから逸哉の方へ寄ってきた。天城とちょっと挨《あい》拶《さつ》を交わしてから、なんとなく二人は並んで商品棚を眺めた。土地柄だろうか。商品棚には、プロテインとかビタミンCとかクエン酸がやたらと充実していた。

「なあ。今日、ウチのBチームと試合だったんだろ？」

「ああ」

「どうだった？」

スコアを逸哉が答えると、天城は微妙な表情をした。

「……この間より差が開いてんじゃん。どうしたよ、央学。調子悪《わり》ぃの？」

「そういうわけじゃないけど。おまえらのとこが強くなったんじゃねえの」

「なってねえよ、Bはちっとも」小さく舌打ちして、それから天城はこう言った。「……俺さぁ。榊野って、高校は絶対清大付属に来るってずっと思ってたよ」

「うん」

「部内ではライバルになっちゃうけどさ、それでもよかったよ。榊野がいるなら。それにさ、最悪別のポジションにまわったっていいわけだし。おまえだって、バックスなら他のポジションもできるだろ」

「うん」

「一回くらい一緒の部で、榊野とラグビーやってみたかった。一緒にやってたら、……もっと違う風になってたんじゃないかなあって思うよ」

「うん」

「でもまあ、今さら言っても遅いし、しょうないんだけど。お互い自分なりにやるしかないよな、今いる場所でさ。榊野も頑張れよな」

「……」

天城の激励するような声が続いている。その裏で、ぼんやりとした光景を逸哉は思い描いた。

大きく蹴り上げられた楕円形《だえんけい》のボールが、幾度も飛び交う。

理想の軌道が、いつでも逸哉の頭の中にはあった。それを現実のものにしようと、さんざん練習してきた。だけど、実戦で使うとなると、ちっとも有用じゃないように思えるのだ。逸哉の仲間はいつでも誰も――追いつくことができないから。

そういう時、逸哉はいつも、広大なグラウンドの中で、自分がいかに場違いであるかを痛烈に思い知らされるような気がした。自分だけ、見知らぬ外国の言葉でも話しているかのような疎外感《そがい》。自分は誰にも理解されないのだと深く感じ、呼吸の仕方を忘れてしまったかのような不自然さに苛《さいな》まれた。

だけど、反面こうも思う。もしその齟齬《そご》が解消されたとしたら、――その先には、本当に逸哉の求めているものがあるのだろうか。

「……なんだよ。『うん』ばっかりじゃん。どうしたの？」

「いや」ボーっとしていたのを指摘されて、逸哉は首を振った。「俺も、受験の時は迷ったんだけどさ。やっぱり親《スポンサー》の意向には逆らえなくて……」

そう言ってみると、天城が笑った。逸哉もつられて笑って、それから適当に欲しくもないスポーツドリンクを買った。飲んでみると、異様なほどに美味《うま》く感じた。

＊＊＊

「……天城と、なに話したの？」

つい、龍之介は店を出てきた逸哉にそう訊いた。しかし、逸哉の答えは短かった。

「別に、たいした話じゃなかったけど」

「……」

たいした話じゃない、か。

龍之介は眉をひそめた。盗み聞きしたわけじゃないけれど、ちょっとだけ二人の会話が聞こえたのだ。

天城の奴はこう言っていた。榊野も頑張れよな、って。まるで、過去の人のことを話すみたいな言い方だった。

その声に悪気がなかったことが、余計に龍之介を痛めつけた。だけど、会話に入るか迷って、結局黙っているだけだった。龍之介なんか、天城の視界にも入っていない。清大付属Bチーム相手にちょっとトライを決めたくらいで、偉そうになにか言えるはずもなかった。

さっきから、一緒にコテージに向かって歩いている逸哉はなにも喋《しゃべ》らない。天城どころか、自分は逸哉にすらなにも言えない。言えることがない。逸哉と龍之介は、対等じゃないのだ。逸哉はいつも、龍之介の遥か先を行っている。龍之介が逸哉と肩を並べられたことなんか、これまで一度もなかった。

「……」

今夜ほど、自分を情けないと思ったことはなかった。

俺は、逸哉のためになにもできない。逸哉は、俺のために戦ってくれたのに。

もっともっと、速く走れるようになりたかった。今すぐにでも。

＊＊＊

二日目に入ると、一転して朝から快晴が広がっていた。

瑞希が九時をまわった頃に外へ出てみると、もうかなり暑かった。日陰はぶるっとくるほど涼しいのに、日差しは強い。けれど、吹き抜ける風はこの上なく気持ちがいい。これが菅平高原なのだ。

　トレーニングマッチは続く。近隣県の公立高校二校に加え、同じ日程で合宿に来ている桃工とも対戦した。

「やっぱり今日も凄《すご》いなあ……、龍之介君」

　瑞希は、思わずそう呟《つぶや》いた。グラウンドに立つ龍之介の瞳は深刻で、けれど、走る姿はまるで水を得た魚だった。龍之介にボールが渡るたび、期待に央学応援団が湧いた。

「またあいつだ！」

「抜けぇっ！」

　トラックみたいに突進してくる敵タックラーを躱《かわ》して、龍之介はグラウンドを縦横に駆け抜けた。なにか大きなものにでも挑戦するかのように、ずっと練習を重ねてきたフェイントやステップを龍之介は無数に試した。そのほとんどすべてが、狙い通りに決まったように見えた。それなのに、龍之介の表情は晴れずにいた。

「やったね、龍之介君！　チームで一番活躍してるよ、得点源だよ」

　そう声をかけると、なぜだろう。龍之介は、酷《ひど》く驚いたように瑞希を見た。でも、すぐに控えめに首を振った。

「いや、一番なんて……。俺なんか、まだまだです」

けれども、今はもうそれは完全な謙遜《けんそん》だった。

龍之介はトライを着実に重ねたが、……代わりに逸哉は調子をどんどん落としていった。逸哉の不調を受けて、ますます龍之介の走りは鋭くなった。二人はまるで、同じ天秤《てんびん》の両側にいるようだった。

午後には央学卒の大学生が来てくれて、さらに騒がしくなった。ポジション別に加えて実戦形式の練習も始まり、さらには近隣県の高校とのトレーニングマッチも続いている。試合後すぐにミスの修正のための練習が入った。

しかし――逸哉のコンバージョンキックはやっぱり決まらなかった。

「……」

それも、外し方が大きくなっていっている気がする。

サッカー部出身なだけあって恒生はどんどんキックが上達していっているし、競技経験の長いスクラムハーフの蒼士だってキックの正確性がある。コンバージョンキックが決まれば勝てた試合を、央学はいくつも取りこぼした。

瑞希は、思いきってヤスシに訊いた。

「……これ以上は、逸哉君に負担がかかりすぎるんじゃないですか？　こんなに調子が悪いなら、キッカーを替えることも考えた方が……」

「替えません。怪我《けが》はしてないみたいだし、本番は絶対に逸哉ですから。なにか問題があるなら、それは花園予選までに逸哉が破らなければならない壁です」

逸哉の不調は誰もが気付いていたが、誰も触れることができず、気付かない振りをしていた。各自に成長が見られるのに、逸哉だけがすぎていく時間の中でその場で足踏みをしているようだった。


その夜のことだった。

瑞希が部員たちの洗濯物《せんたくもの》を干していると、フォワードの何人かが現れた。

「お疲れ様です、瑞希さん」

啓太や真斗たちが揃《そろ》って駆け寄ってきて、瑞希は目を丸くした。

「あれっ。今日って、当番一年生じゃなかった？」

「だけど、ヤスシとなんか話してるみたいだったから」

「そっか。ありがとう」

瑞希は微笑《ほほえ》んで、そう答えた。白虹寮に来たばかりの頃は、雑用はほぼ一年生の担当だった。けれど、最近はそういう垣根はなくなってきている。仲良く洗濯物を干し始めたフォワードたちに、瑞希は次々練習着を渡していった。

「はい、どうぞ」

啓太たちと一緒に洗濯物を干しながら、瑞希はこう思った。央学《ウチ》のラグビー部だけなんだろうか。バックスとフォワードって、人との距離感からして違うみたいだ。

フォワードは普段からスクラムを組んでいるだけあって、こうして仲間と肌を寄り添わせることに抵抗がないように見える。それに、仲間がやられたとなったら絶対に孤立させまいと動く優しさも持っている。なんというか、一体感があるのだ。反対に、バックスはといえば、あんまり群れて動かないイメージだ。

ついでに部屋の汚さにもなにか通じるところがあって、フォワード同士の相部屋はお互いの物がしっちゃかめっちゃかになって物凄く散らかっている。逆にバックス同士だと、見えない空中の線が引かれてキッチリ生活空間が二分されていたりする。

「……フォワードってさ、なんだか縁の下の力持ちって感じだよね」

瑞希が言ってみると、真斗がちょっとガッカリしたような顔になった。

「それ言わないでくださいよ、瑞希さん。俺らだって結構大変なのに、目立ってないみたいに感じるじゃないですか」

「あ、ごめん」褒め言葉のつもりだったのだが、どうやら彼らにとってはそうでもないらしい。「そういうつもりじゃなくて。ホントに凄いなって思ってるんだよ」

そう言って、瑞希はたまたま洗濯物を受け取りに来た三年生の榛名慎次《はるなしんじ》を見た。

「だって、今日もスクラムよかったじゃない。慎次君が頑張って、ずっと三番に代わりに入ってくれてるのも大きいよね」

「え？」

急に瑞希に声をかけられて驚いたのか、慎次は目を瞬いた。

「本当のポジションは違うのに、三番の代役をずっと続けてるでしょ。慎次君、大変じゃない？」

「ああ、はい。……あ、いや、そんなことないです」

一度頷《うなず》いてから、困ったようにすぐに慎次は首を振った。

本来の慎次のポジションは六番だ。軍事用語で側面部隊を意味する、フランカーである。スクラムの側面を支え、フォワードで最も速く敵のサイド攻撃を止めにいくのが、本来の慎次の仕事だった。フロントローの穴を埋める負担は瑞希が想像する以上に大きいはずなのに、彼は文句一つ零《こぼ》したことがない。

慎次はあまり喋らない。だけど、本当はとても気が強いのはグラウンドでの動きを見ていればわかった。黙っていても、その才気は彼の瞳に現れている。

「ヤスシ先生も言ってたよ。トライをどれだけ決めたかじゃなくて、どれだけ敵に抜かれなかったかが重要だって。わたしもそう思うな。やっぱりタックルにいく勇気が、ラグビー選手にはなによりも大切でしょ。タックルって、やっぱり怖い？」

そう訊くと、口数の少ない慎次に代わって、啓太が苦笑した。

「そりゃまあ。でも、いくしかないっすからね」

「自分がいかなきゃ、他の奴が痛い思いするだけだし」

真斗がそう続ける。

猛獣みたいに突進してくる敵に立ち向かう勇敢《ゆうかん》さは、いったいどこから生まれてくるのかと思えば――。その答えのあまりのシンプルさに、瑞希は驚いた。けれど、競技者の頭の中って、こういうものかもしれない。

「そっかぁ。凄《すご》いんだね。なんていうか……」

格好良い。それ以外の形容が思い浮かばないっていうくらい、ラガーマンって、格好良い。

するると、ふと、啓太がこう呟いた。

「あの、そういえばなんですけど。逸哉のこと、瑞希さんはなんか聞いてます？」

「え？」

「ほら……、あいつ、凄え調子悪いみたいだから」

困ったように、啓太が瑞希の顔色を窺《うかが》う。瑞希は首を振った。

「ごめんね。わたしにも理由はよくわからないんだ」

「そうっすよね。すんません。俺、部長なのになんもわかんなくて」

しょげたように啓太が肩を落とした。誰もがなにかを肩に背負っているのだ。逸哉の肩には、……いったいなにが乗っているのだろうか。


　合宿も中盤を越える頃には、さすがに選手たちにも疲れが見え始めてきた。ここまでよく耐えてきたスクラムにも、だんだんと綻《ほころ》びが見えてくる。合宿四日目最後の練習試合でフォワードが押され、ＯＢの佐々木が残念そうに叫んだ。

「……ああ、やっぱりなあ！　三番がいなくなっちゃったのが、痛いよなあ。央学、行けえっ！」

　佐々木は、現役時代はフォワードだったらしい。だから、央学がスクラムで負けるのが許せないのだ。口調は優しいが、目が笑っていない。

　すると、グラウンドの先から誰かに声をかけられた。

「瑞希ちゃん！」

　はっとして振り返ると――美代子が小走りに駆け寄ってくるところだった。

　すぐにカツオも現れた。そして、央学不動の右プロップを担《にな》う、いなくなった三番と思われる選手も。瑞希には、彼がそうだと一目《ひとめ》でわかった。

だって——、物凄い巨漢《きょかん》なのだ。

その堂々たる体軀《たいく》を目の当《ま》たりにして、瑞希は顎《あご》を落とした。

「デカ……。お、大きいんですね。薫《かおる》君のお兄さんって……」

「ええ、そうですね。……ああ、ホントに戻ってくれたんだなあ！」

ヤスシは我慢できないというように、三番の少年に駆け寄っていった。グラウンド上にも動揺《どうよう》が走っていたが、カツオが一喝《いっかつ》して試合を続けさせた。

「——おまえら、しっかり目の前のボールに集中しろ!!」

相変わらず、恫喝《どうかつ》のような怒声である。けれど、ラグビー部員たちも、負けないような大声で返事を返した。

「はい!!」

ここ数か月には一度もなかったぴりりと芯の通ったような鋭い空気が、メンバー全員に行き渡った。

央学に戻ってきたのは、熊井剛《くまいたけし》という高校三年生だった。

剛は、ヤスシとなにか話し込んでいる。

身長は百九十センチを優に上まわっているはずなのに、ヤスシと喋《しゃべ》り出した途端ずいぶんぐんにゃりと猫背《ねこぜ》になってしまった。もぐもぐ君によく似た優しい顔をくしゃくしゃにして、何度もヤスシに頭を下げている。ヤスシが感極まって、剛を抱きしめていた。その両腕が、剛の背中をまわりきっていない。

「……」

カツオノートで身長体重は把握《はあく》していたはずなのに、そして、遠くに立っているのに、剛はずいぶんと大きく見えた。瑞希の隣に立った美代子が語る。

「……ずっとね、監督が付きっ切りで剛君の個人トレーニングに付き合ってたの。ブランクもあるし、復帰に自信がないって剛君は言ってたんだけど、絶対間に合わすって監督が約束して。でも、剛君のご実家に通ってやっと部屋に入れてくれた時は仰天《ぎょうてん》したわぁ。ラグビー部を辞めた途端に食欲爆発しちゃったらしくて、前よりもっと大きくなってたんだもの」

「そうだったんだ……」

瑞希は思った。ストレスから暴食に走った面もあったのだろう。けれど、きっと彼は、いつか央学ラグビー部に帰る日を思って準備していたのではないだろうか。……いや、深読みしすぎかな。やっぱり、食べたいから食べただけかもしれない。

するとと、美代子が笑って続けた。

「でも、監督はさすがだったわ。顔色一つ変えなかったもの」

「へえ」

「熊井君たちって、ホントに似た者兄弟なのよ。二人とも優しくて穏やかで、凄く頑張り屋さんなの。何日か前に佐々木さんが、清大付属Bチームとの試合動画を送ってくれたのよ。それを見せたら、やっと剛君の気持ちも決まったみたいで」

「そっか」

ちょうどぽっかり空いた、フロントローの一角。慎次がいつも代わりに入ってくれていたが、本当のポジションとはやはり違う。その分、昨日もスクラムは押された。央学のみんなが自分を待っていることに、きっと気がついてくれたのだろう。

「剛君、明日一度実家に戻って、それからすぐ荷物を用意して白虹寮に戻ってくれるって。よかったわぁ、本当に」

暢気《のんき》に美代子が微笑《ほほえ》む。瑞希も一緒になって、剛に手を振って頭を下げた。

「……ねえ、お母さん。剛君に並んだら、わたし、小柄に見えちゃうんじゃない？」

「そうかも。あら、瑞希ちゃんったらホントに嬉しそう。よかったよかった」

朗《ほが》らかに、美代子がころころと笑い声を立てた。


夕食ギリギリまでカツオの指導の下《もと》で練習するという部員たちを置いて、瑞希は美代子と先にコテージへ帰った。久しぶりに会う美代子に甘えて、瑞希は自分のコテージのベッドに突っ伏した。

「……あー、疲れたぁ。この何か月か、白虹寮でホントに大変だったんだよぉ」

「偉かったねえ、これまでお疲れ様」

「お母さんは？　調子どう？」

「もうずいぶんいいよ。お皿をね、お父さんが洗ってくれるの！　ご飯の後片づけをしなくていいってだけで、こんなに幸せだと思わなかったわ」

「……」

どうやら料理は美代子担当のままらしい。やはりか。でも、そんなに幸せならいいのだろう、きっと。

「貧血もなくなったし、腱鞘炎《けんしょうえん》も手湿疹《てしっしん》もかなりいいよ。でも、嫌ね。ちょっと太っちゃったみたい」

そう言われてみると、確かに母は少しふっくらしたようである。ホッとすると同時に、瑞希の瞳に涙が溢《あふ》れてきた。たかだか数か月とはいえ、慣れない寮母暮らしはかなりキツかった。援軍に駆けつけたはずの瑞希が、今になって美代子の援軍に嬉し泣きしかける始末である。瑞希はシーツに瞼《まぶた》を押しつけて泣くのを堪《こら》えた。

「そのズボン、いいね。瑞希ちゃんのそういう格好、久しぶりに見たなあ。ほら、前はいくら反対しても、パンツが見えちゃいそうな短いスカートとか、ホットパンツしか穿《は》かなかったじゃない？」

「だから、ホットパンツじゃなくてショートパンツだって。もう年齢制限アウトだよ、そんな短いの」

「よしよし。頑張ってくれてるんだね、央学のラグビー部のために」

母が、瑞希の頭を撫《な》でる。瑞希は結局泣いた。

「もうずいぶん瑞希ちゃんにも甘えちゃったから、充分だよ。今までありがとう、瑞希ちゃん。お母さんたちも、白虹寮に帰るから」

その言葉に、瑞希はかすかに頷《うなず》いた。

「……お役に立てたんなら、本望ですよ」


四日目の夕食は大騒ぎだった。

誰も彼もが、帰ってきた剛を歓迎している。特に上級生は、入れ替わり立ち替わりなにかを話しにいっていた。啓太と慎次が特に仲がよかったらしいが、がっちり両隣を離れない。真斗なんか、ちょっと泣いている。しかし、弟の薫はといえば、この間帰省で会ったばかりだからか、食事に集中して今夜ももぐもぐしている。

夕食を終えると、部員たちは即座にミーティングに入った。美代子と一緒に退座して、瑞希はゆっくりシャワーを浴びて手足を伸ばしてベッドに寝転んだ。瑞希は連日のトレーニングマッチのことを思った。

逸哉のコンバージョンキックは、精彩を欠いていた。いや、それよりも、そもそも逸哉は試合中はやっぱりキックを蹴《け》らないのだ。あれだけ練習しているというのに、どうしてなのだろう。花園予選までは、あと二か月しかないのに。

あと二か月。瑞希は迷っていた。

それまでの期間を、瑞希はどうするべきなのだろう。

親友の朝実《あさみ》は、勝手に瑞希よりも焦っている。さっき電話したら、『あんた婚活どうするつもりなのよ。二十代で結婚したいなら、もう出会って付き合っとかないと！』だって。

正論すぎて胸が痛い。再就職の方だって、上手《うま》くいくかわからないのに。

ベッドに潜り込んでもゴロゴロしながら携帯を眺めるばかりで、ちっとも眠気は訪れてくれなかった。結局、瑞希は夜更けになって起き出した。


今夜は、星がよく見える。

ここが高原だからだろうか。いつもより空が近い気がした。

瑞希は、ぼんやりと夜空を見上げた。こうして見つめていると、蒼穹《そうきゅう》という言葉の意味がよくわかるようだった。空は、まるで地上にかけられた丸い椀《わん》だ。細い銀色の針のような流れ星が、次々に現れては消えていく。まるで、星屑《ほしくず》の雨だった。

するると、ちょっと先に、同じように夜空を眺めている人影があった。それが誰だか、瑞希にはすぐわかった。

不思議だった。なんとなく逢《あ》えるような気がして外に出てみて、そうしたら本当に逢えた。それは、逸哉だった。

「逸哉君」瑞希は、そう声をかけた。「どうしたの？　こんな時間に」

「あ……」

驚いたように、逸哉が振り返った。

「……部屋、暑くて眠れなくて」逸哉が頭を掻《か》く。「ほら、俺らの部屋って大部屋じゃん。外はこんなに涼しいのに、あいつらの熱気で部屋は凄《すげ》え暑いの」

「ああ、そっか」

確かに、ちょっと覗《のぞ》いた彼らの泊まっているコテージの部屋は、ほとんどギュウギュウ詰めだった。瑞希の泊まっている一人用の部屋が快適すぎて申し訳ないみたいだ。

「寝ないの？　瑞希さんは」

「なんとなく、眠れなくて」瑞希は言った。「あの……、今日はよかったよね。剛君も監督も無事帰ってきて」

「そうだね」

「それに、龍之介君も絶好調だし。凄いよね、ホント」

「……絶好調、か」

「でしょう？」

「まあね」

そこで会話が途切れて、しばらく無言の時間が続いた。逸哉に並んで星を眺めて、瑞希はどう切り出そうか迷った。けれど、やがて逸哉が先に口を開いた。

「部屋に戻らないの？」

「うん」

「……もしかしてさ、瑞希さん、心配してくれてる？　俺の調子のこと」

「あー……」逸哉に先に切り出され、瑞希は頭を掻いた。本当にこの少年は、勘がいい。

瑞希は、素直に頷いた。「うん。実はそうなんだ」

「それって、ヤスシに言われて？」

「違うけど……。なんで？」

「別に」首を振ってから、逸哉は平気な顔でこう続けた。「そんなに気にしないでも大丈夫だよ。央学のグラウンドに慣れてる分、ちょっと菅平でプレースキックの感覚摑《つか》めないだけだから」

「感覚？」

「そう。気を付けてたんだけどさ。やっぱり、央学のグラウンドだと山とか木とかの景色があるじゃん。どうしても、それ見てキック蹴る目安を測っちゃうんだよ」

「ああ……」

逸哉が示したわかりやすい不調理由に、瑞希はちょっと拍子抜けした。逸哉も、なんてことない風に言う。

「本番は央学のグラウンドじゃないんだし、まあ、今わかってよかったってことで」

「そっか」

一度納得しかけて、瑞希は止まった。それは、嘘だ。だって、逸哉の不調はプレースキックだけじゃない。グラウンドを走る速さが違う。パスの精度も違う。ボールを追う瞳の輝きも、なにもかもが違った。

瑞希は、前に話したことを少しだけ後悔した。チームの中心は逸哉だと、瑞希は彼に言った。誰もが逸哉を見て、逸哉に期待している。それは確かに事実だ。だけどそれが今は逸哉の重荷になっている。不調の指摘に、こんな言い訳を用意しておくほどに。

逸哉は、瑞希の視線を避けるようにそっぽを向いた。

「本当にたいしたことじゃないから、心配しないで。俺、大丈夫だから」

「……」

これ以上訊くことは、逸哉のプライドを傷つけることになるだろうか。スタンドオフとしてグラウンドに立つ逸哉と、今目の前にいる逸哉。同じ少年のはずなのに、時々瑞希には別人に思えた。瑞希は、そのどちらに声をかけるべきなんだろう。

　少し考えてから、瑞希は口を開いた。

「……あのね、逸哉君」

「うん」

「わたし、ずっとラグビーって全然興味なかったんだ」

「知ってるよ、そんなこと。前にも言ってたじゃん」

「そうだけどさ」そう言ってから、瑞希は続けた。「お父さんは昔からラグビー命であんまり家にいなかったし、たまに顔合わせると口煩《くちうるさ》いし、怒り方も家でもあんな感じで怖かったから、高校生くらいの時は嫌でしょうがなくて」

「そっか」

「でも……。白虹寮に来て、みんながラグビーやってるの観て、やっとわかったんだ。お父さんが、今までなにを頑張ってきたのか」

「……」

「そういうのって、全部きみたち央学ラグビー部のおかげだよ。ここに来なかったら、知ろうとも思わなかったもん。だから、ホント感謝してる」そう言ってから、瑞希は逸哉を見た。「あれから……、監督となんか話した？」

「うん、いろいろ」

「いろいろ、なんだって？」

「要は、もっと頑張れってさ」

逸哉の返答に、思わず瑞希は笑った。きっと、駄目出しのオンパレードだったんだろう。そして、たった一つのポジティブな言葉が、『もっと頑張れ』。その様《さま》の想像がつきすぎて、瑞希はこう言った。

「それさ、物凄く期待してるってことだよ。お父さん、わたしの成績がダダ下がりになってから一切言わなくなったもん。頑張れって」

「そうなの？」

「そう」頷いて、瑞希は言った。「わたし、ヤスシ先生とか監督みたいにラグビーのこといろいろわかってるわけじゃないけどさ。でも、調子が良くても悪くても、きみたちのことをいつも応援してるから。だから……、頑張ってね」

「……ありがとう、瑞希さん」

逸哉も、低く答えた。

——明日、合宿最後の試合は、清大付属Aチームとの初対戦だった。

午前は、主にフォワードの調整に当てられた。カツオによってみっちり数か月個人指導を受けていた剛は、あっという間に仲間に馴染《なじ》んだ。スクラムやラインアウトを確認し、長かったブランクを埋める。

そんな中で、ついに清大付属Ａチームとの初対戦が行われることとなった。

「……いよいよですね」

「はい」

瑞希は、いつも通りヤスシの隣に立って試合を見守った。

接近が伝えられていた台風は上手《うま》くコースを外れてくれたが、代わりに淡い霧雨が降り注いでいる。試合時間は、二十分ハーフに縮められた。

ファーストスクラムで、瑞希は目を見開いた。

「！」

右プロップに入っている剛が、獣のような雄叫《おたけ》びを上げたのだ。右プロップは、別名タイトヘッドプロップという。敵プロップとフッカーの間に頭を入れ込む三番のタイトヘッドプロップが耐えるポジションなのに対し、薫が担当する一番はルースヘッドプロップと呼ばれる。左は、攻めるプロップだ。ようやく攻守揃《そろ》った熊井兄弟が呼応し、フッカーの啓太も息を合わせていく。

敵味方のフォワード十六人がぶつかり合うスクラムが、ゆっくりとまわり始めた。

「ヤスシ先生……！　これって、どっちが押してるんですか!?」

瑞希が揺さぶると、ヤスシも驚いたように頷いた。

「央学です！　瑞希さん、ちゃんと見て。目を離さないでやってください」

そこで、清大付属のスクラムハーフがボールを出した。

仕切り直すように、滞空時間の長いキックを天城圭吾が蹴《け》る。霧雨で視界が悪い中、それでも歩夢がボールをキャッチする。右ウィングの龍之介に渡ると、ここ数日と同様に一気にゲインを切った。

けれど、ブレイクダウンまで走る逸哉の反応が、どうしても遅い。いつもの目を瞠《みは》るような試合勘の良さは、霧雨の中に消え失せていた。どこか心ここにあらずという顔で、逸哉はボールを追っている。

天城にマークされているのもあるのかどうか。まるで、両足に重りをつけているかのような動きだった。

それでもフォワードが押せればと思ったが、さすがにそう簡単にはいかなかった。清大付属はすぐに修正してきて、スクラムはまた均衡を取り戻した。そうなってくると、バックスの連携が合わない央学はじりじりと離されていく。

たった二分のハーフタイムを挟んで、スタンドオフの精彩を欠いたまま、後半戦が始まった。

逸哉は天城の蹴ったドロップキックをキャッチできず、前に落とした。清大付属ボールスクラムが組まれ、そこから天城がパスでボールを展開し、あっという間にまたトライを決められてしまった。

グラウンドを歩く逸哉の隣に、駆けてきた龍之介が並ぶ。

「――おい逸哉、なにやってんだよ」

「……」

逸哉が龍之介を見る。

お互いに、睨《にら》むような目つきだった。

龍之介は、黙り込んでいる逸哉の肩を強く押した。

「……」

「なんだよ、なんか言いたいことでもあるならハッキリ言えばいいだろ」

龍之介が言い募《つの》る。しかし、逸哉は答えなかった。焦れたように龍之介が続けた。

「わかってるだろ、もう花園予選は近いんだ。清大付属とは、最後の練習試合なんだぞ。おまえが央学《ウチ》のラグビー部をどう思ってんのかわかんないけど……、いい加減真剣にやれよ！」

唇を引き結んで、逸哉は答えた。

「……俺はいつだって真剣だよ」

「嘘つけよ」

それだけ言うと、龍之介はポジションに戻った。

＊＊＊

しばらく黙っていた逸哉だったが、やがて、ハーフウェイラインへと走った。なんだか、無性に体が熱かった。

「……」

いつもだったら、逸哉は迷わずにすぐキックを蹴る。でも、今はボールをじっと見つめた。

どうしてだろう。やるべきことはわかっているはずなのに、躊躇《ためら》いが消えてくれなかった。

まっすぐ進んで、進んで、進んで。どこまでも進んで、思うようにボールを蹴って。その先には、いったいなにがあるんだろう。これ以上進んだら最後、なにもない、誰もいない気がした。ただ、天才だの逸材だのと呼ばれる化けの皮が剝《は》がれた逸哉がいるだけなんじゃないだろうか。自分は父のようにはなれないし、ましてや、父を超えることなどあり得ない。息ができる場所なんか、どこにもない。

その時だった。

グラウンドの彼方《かなた》から、ふいに声が聞こえた。

「――逸哉君!!」

応援してる。調子が良くても悪くても。……上手《うま》くいっても、いかなくても。瑞希の言いたかったことは、たぶんそんな感じだった。

そう思った瞬間、逸哉はボールを蹴っていた。不思議ともう、迷いはなかった。

＊＊＊

同じ瞬間だった。声はなかったが、グラウンドに立つ十五人の呼応が、確かに瑞希の耳に聴こえた気がした。

逸哉の蹴ったキックオフのボールが、大きく空を舞う。

そのキックが描く軌道を、瑞希は目で追った。

まるで、逸哉の蹴ったドロップキックが、スターターピストルかのようだった。両チームの選手たちが、見る見るうちにボールの落下点へ吸い込まれていく。

「あ……」

瑞希は目を瞬いた。

追いついたのは翔平だった。逸哉のキックの意図を完全に読んで、清大付属より先にボールを奪い取った。清大付属がすかさずタックルに来るが、それをステップで躱《かわ》し、走り込んできた逸哉にボールを渡す。

逸哉は、またキックを蹴った。再び一斉に央学側が詰めていく。孤立した敵フルバックは、苦し紛《まぎ》れのキックを返した。

「ああっ、惜しいっ」

もう少しで、本来のフランカーに戻った慎次のチャージが決まりそうだった。陣地は少し戻されたが、完全にミスキックだ。央学の戻りも早い。すぐに逸哉から歩夢にボールが渡り、龍之介が走り込む。

龍之介はタッチラインから弾き出されたが、ボールは生きている。フォワードがラインに入って、逆サイドまで一気にパスが渡った。そのまま央学は、ゴールラインの左隅にトライをねじ込んだ。

「やった……！」

瑞希は飛び上がって喜んだ。

これで、コンバージョンキックを蹴る権利を得ることできた。

キッカーは当然、逸哉だ。

緊張に、瑞希は逸哉を見つめて両手を握り締めた。

その逸哉が、グラウンドから瑞希を見返した。

「！」

その瞬間、瑞希には、コンバージョンキックの結果がわかった気がした。

予想通り——、そのキックは見事に決まった。


逸哉の冴え渡るようなキックを遮《さえぎ》るものは、もうなにもなかった。

試合は、完全にキックゲームに切り替わった。後半のたった二十分の攻防を、央学と清大付属は何度もボールを追って広大なグラウンドを縦横無尽《じゅうおうむじん》に走った。

央学は清大付属を後半ワントライに抑える大健闘を見せたが、前半の点差が響き、追いつくことはなかった。それでも、後半は決して負けていなかった。

それを証明するかのように、合宿最後の夕暮れを迎えて疲れ切っているはずの央学の選手たちは、誰一人遅れることなく、全力で走って瑞希たちの元へと戻ってきた。

「応援ありがとうございます！」

誰に強制されたわけでもない自然発生したそのラグビー部員全員分の感謝が、霧雨《きりさめ》の雲が切れて赤く染まり始めた空の下に響き渡った。

ＯＢたちからの大量の肉の差し入れもあって、最終日はバーベキューをすることになった。清大付属Ａチームとの好試合に、央学応援団の激励が飛ぶ。

「おまえら、今日はやったな！」

「ホント、後半は大健闘だったよ……！」

瑞希は逸哉の姿を探した。しかし、準備の時はいたはずなのに、どこにも姿が見えない。試合や練習が終わると、ジャージを洗いに消える神経質な性格の逸哉である。けれど、いつもの定位置である外水道《そとすいどう》にも、逸哉の姿はなかった。

ようやく探し当てた逸哉は、コテージの外れで一人でリフティングをしていた。

「逸哉君！　もう、みんな食べ始めてるよ。戻らないの？」

転がってきたボールを拾って返し、瑞希はそう尋ねた。しかし、逸哉は答えない。

逸哉が見上げた視線の先を追って、瑞希は夕焼けの空を見た。雨が上がったその空には、淡く夕虹《ゆうにじ》がかかっていた。

「あ……。虹、見えるね」

「うん」

ぼんやりとした逸哉が頷《うなず》く。初めて逸哉の試合を目にしたあの日のことを思い出して、瑞希はこう続けた。

「……あのさ。虹って漢字、あるでしょ？　どうして虫偏《むしへん》なのか知ってる？」

逸哉のドロップキックを見た時に調べたことを、瑞希は口にした。

「虫って、昔は蛇のことを言ったんだって。蛇も虫偏でしょ。昔の人は大きな蛇のことを龍と思っていて、旁《つくり》の工は貫くって意味だから……。虹は空を貫く龍なんだよ」

それは、きっと逸哉の蹴《け》るキックのような、強く美しい弧なのだろう。

夕虹が出ると、次の日は晴天になるという。だから、明日はきっとよく晴れる。

空にかかる虹を見つめて、逸哉が小さくこう呟《つぶや》いた。

「龍っつーと、……龍之介のことみたいだね。あいつ、今日は凄《すご》かったな。いや、今日だけじゃないか。この合宿中、ずっと凄かった」

「うん」

「俺さ、ずっとあいつは凄いって思ってた。だって、足速えし、体のバランスいいし、練習惜しまねえし、怪我《けが》しにくいし。それに……、あいつだけだったんだよね。昔から、ラグビーで俺がなに言ってるかをちゃんと理解してくれたの」

「……」

「他の誰もわかってくんなかったけど……。だけど、俺だけは龍之介のことをちゃんとわかってた。凄い選手だって」

「……そうだったんだ」瑞希は、驚いて逸哉を見つめた。「中学の時、龍之介君を試合に出せって監督に言ったのって……。友達だからなんだと、思ってた」

「そんなにいい奴じゃないよ、俺」

「……いい奴だよ、きみは。逸哉君は、凄い奴だよ」

瑞希は、逸哉にそう言った。逸哉は言葉足らずだ。だけど、ただきっと、いつも逸哉はラグビーにも仲間にも公正であろうとしているだけなのだ。

しかし、俯《うつむ》いてボールを見つめ、逸哉は小さく呟いた。

「そんなことないんだよ、ホントに。だって、馬鹿みたいだけどさ。俺、選手として自分があいつに負けるとか思ったことなくて……」

また、逸哉が蹴ったボールが瑞希のところへコロコロと転がってくる。以前に見た時は、ほとんどリフティングでミスなんかしなかった。首を傾げて瑞希が再びボールを拾ったところで、逸哉がしゃがみ込んだ。

「どうしたの？」

「いや……」

逸哉は首を振った。その首筋に、無数の汗の粒が浮いていることに瑞希は気が付いた。もう日が沈みかけ、すっかり空気は冷えているというのに。瑞希がそばに歩み寄ると、逸哉は立ち上がった。そして、虚《うつ》ろな目で瑞希を見た。

「瑞希さん」

「え、なに……？」

「待って、俺さ……駄目だ、ごめん」

驚いている瑞希に、倒れ込むようにして逸哉が抱きついてきた。

「……あっ……」

瑞希は息を呑《の》んだ。

けれど、ドキリとしたのも束の間、すぐに瑞希は異状に気が付いた。

「熱《あつ》っ……。逸哉君、もしかして熱《ねつ》あるの？」

「ない。……ないよ」

二度ほど、逸哉はそう否定した。しかし、声に強さがない。瑞希は、合宿に来てからずっと逸哉は不調だった。これまで、逸哉が体調を崩したことはなかった。だから、精神的なものからくる不調だろうとばかり思い込んでいた。

「風邪《かぜ》引いてたんだ……」気付かなかった自分のふがいなさに唇を噛《か》み、瑞希は逸哉にこう言った。「いつから？　どうしてみんなに言わなかったの」

「言えるかよ。この合宿が最後なんだぜ。花園予選前に清大付属と戦えんの」

「……意地っ張りもそこまでいけば立派だよ、ホント」

ふらつく足取りの逸哉を支えて、瑞希はコテージへと戻った。どうしようか迷った挙句《あげく》、一番近いところにある、瑞希が寝泊まりしている部屋へと。

急いで救急箱を取りに戻って、瑞希は、逸哉の額にアイスシートを貼った。それから白虹寮から持ち込んでいた氷枕も当てて水を飲ませると、瑞希はこう言った。

「とにかく、今はゆっくり休んで。みんなには、わたしから言っとくから」

「駄目だ。誰にもなんも言わないで」

「だって……」

「足引っ張った言い訳だって、思われたくない」

声が掠《かす》れ始めていた。いつになく弱々しい逸哉の声に、瑞希は結局頷いた。赤い顔がだんだん腫《は》れてきている。薄っすらと逸哉が目を開いた。熱で目が潤んでいて、まるで泣いているようだった。

「どこも行かないで。ここにいてよ、瑞希さん」

手を伸ばして、逸哉が瑞希の服を摑《つか》む。

「……逸哉君が寝るまで、ここにいるよ」

「じゃあ、寝ない」

子供みたいにそう言って、逸哉はぼんやりと天井を眺めた。

「瑞希さんさ。……ずっと訊きたかったんだけど、訊いてもいい？」

「うん」

「あの……、あのさ。ヤスシとさ、なんかあんの？」

「え？」

「だから、ほら」

逸哉がなにを訊こうとしているのか、瑞希にもわかった。瑞希は首を振った。

「ないよ。全然そんなんじゃない」

「そっか」

瑞希は肩をすくめて、それから逸哉の無防備な額をぺちんと叩いた。

「そっちこそ、付き合ってる彼女はどうした。連絡、ちゃんと取ってるの？」

「……なんで知ってんの。誰に聞いた？」

「誰にも訊かなくてもわかるよ。彼女いるかいないかくらい、雰囲気《ふんいき》でさ」

瑞希がそう言うと、観念したように逸哉はこう白状した。

「……もう終了寸前って感じだったよ、先月地元に帰って会った時は。まあ、無理だよな。全然会えないし、会ってない時考えることもないし」

大人ぶってそう言って、逸哉は力なく笑った。それから、水を飲んで、こう言った。

「あのさ……、俺ね。親にやらされるスポーツで、楽しいって思うことは何度もあったけど、たぶんホントには楽しいって感じたことはほとんどなかったんだ。……ごめん、意味わかんないかな。なに言ってるか、わかる？」

「大丈夫。わかるよ」

瑞希は頷いて、それからこう訊いた。

「今はどう？　これまでと一緒？」

「……」

逸哉は、黙っている。

瑞希は、潤んでいる逸哉の瞳を見つめた。

「もしきみがわかんないなら……、わたしが教えてあげるよ。今は、これまでとは違う。だって、グラウンドの上のきみは、とても生き生きしてるもの」

「……そうかな」

「うん」

瑞希は黙って、目を閉じている逸哉の横顔を見つめた。だんだん、その呼吸が深くなっていく。眠りが近いのだ。

「美代子さんが……、帰ってきたね」

「うん」

「瑞希さんは辞めるの？　白虹寮」

「……」

「辞めないで。俺、もっと強くなるから。もう、誰にも負けないから。だから、そばで見てて」

「……辞めないよ。わたし、この央学ラグビー部を最後まで観てる」

瑞希は、逸哉の頭をゆっくりと撫《な》でた。瑞希の声は聞こえたのだろうか。それとも、眠ってしまっていたかもしれない。深く寝息を立て始めた逸哉を見て、瑞希は部屋をあとにした。


コテージを出ると、水汲《く》みに出てきた龍之介と出くわした。

「あれ、瑞希さん？　こんなところで、なに……」

ドアを閉めるタイミングが遅かった。戸口のところにある逸哉の靴《くつ》を、龍之介の視線が摑んだ。瑞希は、急いで龍之介のそばに寄った。

「あの、ごめん、まだ内緒にしてほしいんだけど。実は、逸哉君が倒れちゃって……」

ヤスシたちはともかくとして、部員には当面誰にも言わないつもりだったが、こうなった以上は仕方がない。慌てて事情を説明すると、龍之介は自嘲《じちょう》するようにこう言った。

「……ああ、そっか。部屋に入れたんだ」そう呟《つぶや》いて、龍之介は悲しげに目を伏せた。

「やっぱり一番は逸哉ですよね、瑞希さんは」

「え？」

「いや、なんでもないです。口裏合わせればいいんでしょ？　協力しますよ」

怒ったような声。龍之介は、瑞希を見なかった。……いや、これは今に始まったことじゃない。かなり前から、龍之介は瑞希と目を合わせなくなっていた。

しまった——瑞希は思った。

龍之介も、そういう感情を自分に向けてきていたのか。

親切なのは性格だと思っていたし、目が合わないのは成長したからだと思っていた。瑞希は、他の誰より龍之介をずっと大人だと思っていた。

でも、違った。

しかし、それでも気付かない振りをしなくてはならない。瑞希は大人だから。

感情の動揺《どうよう》を見せて、わずかでも気を持たせるようなことはしちゃいけない。

だから、不自然なほど自然な雰囲気で、瑞希はこう言った。

「誰がとか……、別に関係ないよ」

「わかってます」

「倒れたのが龍之介君でも、同じようにしたよ」

「だから、わかってますって」

「そっか。じゃあいいんだ。ごめんね、しつこくして」

納得した風に瑞希はそう答えた。それでも、二人の吸う空気は固いままだった。ぎくしゃくとした雰囲気をどこか遠い場所へ押し流すように早足で、瑞希は龍之介と一緒にみんなが騒いでいるバーベキュー場へ戻った。

いよいよ、合宿最後の朝がきた。

カツオと美代子は、剛を実家に送るために、もう菅平高原を発《た》っていた。

残った部員たちは今日、菅平高原の名所であるダボスの丘まで走る。そこで合宿終了の全体会をして、白虹寮に戻るのだ。瑞希は、車を一人でまわしてダボスの丘へ先行した。

階段になっている山道を汗だくになりながら登り、瑞希はようやくダボスの丘へと辿《たど》り着いた。公園でもあるのかと思ったら、山頂には、潔《いさぎよ》いほどにあっさりとモニュメントだけが佇《たたず》んでいた。

『……着きました？　瑞希さん』

ヤスシが、電話口から確認してくる。息を整え、瑞希は頷《うなず》いた。

「大丈夫ですよ。スタートお願いします」

携帯の向こうの掛け声に合わせて、瑞希はストップウォッチをスタートさせた。さすがに逸哉の不調は隠し通せず、今はコテージの大部屋で寝ている。

瑞希は、ひんやりとした風が駆け巡るダボスの丘から、朝の菅平高原を眺め下ろした。

なんでも、オーストリア人のシュナイダーというスキーの名手が、スイスのダボスに似ていると言ってくれたことから、この名前がついたらしい。この菅平高原は、冬になるとスキーの名所に様変わりするのだ。

名スキーヤーにちなんだシュナイダー記念塔のそばで、瑞希は選手たちが駆け込んでくるのを待った。手にしているカツオノートには、父に代わって今は、びっしりと瑞希の書き込みが並んでいる。もう父を笑えない。

瑞希はずっと、父をラグビーに人生を捧げたラグビー命の男だと思ってきた。それは正しかったが、中身を知るとまったく違う。なにかにすべてを懸けるというのは、端《はた》で見ているのと実際やるのとは全然異なることなのだ。いまや、央学ラグビー部員たちの生活は、ほとんどすべてがラグビーだった。

高校生活の三年間をなにに使うかは自由だ。瑞希は買い物に使ったし、朝実は恋に使っていた。けれど、央学のラグビー部員たちほどに走り切ることはできなかったように思う。なにか、余力を取っておくような、そんな三年間だった。

でも、みんなは違う。どこにも余剰《よじょう》のなにかなんかない。その密度の濃い時間があるからこそ迷わないし、もっと先に走っていけるのだ。

瑞希が央学ラグビー部全員分のノートを読み返していると、後ろから声がかかった。

「――瑞希さん！」

はっとして振り返ると、一番に瑞希のところへ駆け込んできたのは、龍之介だった。上級生をも引き離して、龍之介は瑞希の前まで走り抜けた。

タイムをカツオノートに記録する。瑞希に、息を切らせた龍之介は言った。

「み、瑞希さん……。……俺、昨日はなんか、すいませんでした」

「ううん」瑞希は首を振って、龍之介にドリンクを渡した。「……それを言うために、一番に来てくれたの？」

「うん」

龍之介は頷いて、それから大きく息を吐いた。

「あー、先輩たちを離すのキツかった……！　でも、菅平を出る前に言えてよかったです、ホント。あの、それとね、瑞希さん」

「はい」

「花園予選、絶対観に来てください。勝ちますから。絶対、花園行きますから」

龍之介が、強くそう言う。瑞希は微笑《ほほえ》んで頷いた。

「当たり前だよ、絶対行く。わたし、応援してるから。だから、頑張って」

「はい！」

大きく返事をして、龍之介はクールダウンに入った。それからようやく、二番手集団の選手の姿が見える。瑞希は、手を振って彼らを迎えた。

第四話

十一月の決戦――

虹の軌跡のその果てに

夏の残り香を色濃く帯びた九月が去った。週が変わるごとに季節が深まり、そして、ついに、十月が来た。

央学《おうがく》ラグビー部にとって、勝負の月だ。

チームはすでに、でき得る限り最高の形へと完成していた。

バックスを指揮するのは、司令塔《スタンドオフ》の逸哉《いつや》だ。右ウィングの龍之介《りゅうのすけ》と、龍之介の対となって左ウィングを担う樋川時成《ひがわときなり》に加え、センターコンビの翔平《しょうへい》と歩夢《あゆむ》や、フルバックを守る恒生《こうせい》もいる。誰よりも速くブレイクダウンに駆けつけるのは、スクラムハーフの蒼士《そうし》だ。

一方、フォワードには、力強いフロントローが揃《そろ》っていた。やっと戻ってきた剛《たけし》と弟の薫《かおる》がプロップとしてスクラムのサイドを固め、ロックの英二《えいじ》と公章《きみあき》が二列目からそれを押す。フロントローの真ん中で常にチーム全体に気を配るのは、フッカーで部長の啓太《けいた》だ。

啓太がフォワードの八人を力強くまとめ、仲間の危機には誰よりも速く駆けつけるナンバーエイトの真斗《まなと》が最後列からスクラムを押した。慎次《しんじ》は、共にフランカーを務める七番の黒瀬大地《くろせだいち》と呼応し、いつでも勇敢《ゆうかん》にタックルに向かった。

トーナメントの組み合わせは、籤引《くじび》きによって決まった。シード権を持っている清大《せいだい》付属と美祢ヶ丘《みねがおか》高校の二つの山を、ノーシードの高校は登っていく。ラグビー強豪校が軒《のき》を連ねる地区ならばこの山登りはかなり過酷《かこく》なものになるが、央学の場合は一勝すれば二強との対戦権が得られる。シード校との対戦時に疲労の蓄積がないから、央学にとっては有利な条件だ。

央学は、美祢ヶ丘の君臨する山の麓《ふもと》に立った。

美祢ヶ丘との対戦権を争うのは、練習試合ですでにお馴染《なじ》みとなった桃工《ももこう》だった。

対決当日、央学ではちょっとした騒ぎが起きた。

「……あれっ。桃工、なんか女子がいない⁉」

「女マネ⁉　女子高生⁉　それも二人も⁉」

央学ラグビー部に悲鳴が上がった。それも、女子マネージャー二人が桃工の部員たちと順番に握手している場面まで見せつけられたから大変である。それはそう軽いものではなく、神妙な面持《おもも》ちではあったのだけれど、央学ラグビー部の目には映っていないようだった。一方的な騒ぎは一瞬にして一方的な怒りに切り替わった。

「おかしくない⁉　そもそもからして同じ校内に女子高生がいるって、普通におかしくない⁉　もはや犯罪だろ」

「犯罪って、なんの？」

「だから……、猥褻物陳列罪《わいせつぶつちんれつざい》的な？」

「あいつら、俺らがラグビー一色の夏を送ってる間に汚い真似《まね》しやがって……」

「初心者君たちに、ラグビーはそんなに甘くねえって教えてやろうぜ」

完全に一般感覚からズレている央学ラグビー部は、猛烈な咆哮《ほうこう》を上げた。鍛え上げられた体格を持つ怖いもの知らずの桃工の猛攻を、央学は鋭いタックルで叩き潰した。経験者のスタンドオフが蹴《け》るキックにも烈火のような走力で対応し、後半になっても、央学の体力は少しも衰えを見せることがなかった。気が付けば、央学は十点以上の差をつけて桃工から勝利を収めることに成功していた。

そして、翌週。

県内不動のナンバーツーである美祢ヶ丘高校との対決の時が来た。

カツオが戻ってからの二か月間は、ずっと央学ラグビー部の全体練習は清大付属との対戦シミュレーションばかりを続けてきた。本当に清大付属に勝てるチームを作ることができれば、美祢ヶ丘の山に入った場合でも絶対に問題はないと信じて――それほどまでに清大付属ラグビー部は強いのだと、カツオは語った。

そして、おそらくそれは、美祢ヶ丘高校も同様のはずだった。

長く高く、試合のホイッスルが鳴った。

ついに、準決勝が始まったのだ。

美祢ヶ丘は公立高校だ。いわゆるスカウトの類《たぐい》がなく、高校からラグビーを始めた部員も多い。しかし、ずっと清大付属の決勝の対戦相手を務めてきた自負《じふ》が美祢ヶ丘にはあった。

最後に美祢ヶ丘と対戦したのは、三番右プロップを担《にな》う剛が戻る前だ。美祢ヶ丘はフォワード戦を挑んできた。観客席からファーストスクラムを見て、瑞希《みずき》は思わず感動の声を上げた。

「……あぁっ、やった!!」

央学が、スクラムを大きく押し込めたのだ。一気に、美祢ヶ丘チームの空気が変わった。それが、瑞希にもわかった。ファーストスクラムですぐに、美祢ヶ丘は作戦変更を余儀《よぎ》なくされた。同時に、美祢ヶ丘側の観客席からは落胆《らくたん》の声が響く。

どよめきに負けずに、瑞希も叫んだ。

「凄《すご》いっ、フォワード戦で勝ってる！　このまま行け――――！」

ファーストスクラムの出来で、その試合の流れが完全に決まることがあるということを瑞希は初めて実感した。プロップの剛が戻ったスクラムで、央学は完全に押し勝った。剛が帰ってきたことで、プロップからやっと本来のポジションであるフランカーに戻った慎次が、美祢ヶ丘の猛攻をタックルで圧倒した。右ウィングの龍之介は、矢のようにグラウンドを疾走した。何度も龍之介のトライが美祢ヶ丘のインゴールを突き刺し、ついに央学は――王者清大付属への挑戦権を獲得したのであった。

県内ナンバーツーが入れ替わるのは、実に十数年ぶりのことであった。

美祢ヶ丘と戦った翌週土曜日の正午が、決戦が行われる時だった。

暦《こよみ》は、すでに十一月に入っていた。

食堂では、決戦前夜のミーティングが行われている。瑞希は白虹寮《しろにじりょう》の外に出て、それを見守った。最後のミーティングが終わると、外へ出てきたヤスシが瑞希に声をかけてきた。

「お疲れ様です。……あの、瑞希さん」

「はい」

「今まで、本当にありがとうございました。言葉では尽くせないくらい、あなたには感謝しています」

「そんな大袈裟《おおげさ》な。明日で会えなくなるわけじゃないんですよ」

「でも、美代子《みよこ》さんも帰ってきたし、三年生の引退まででしょう。央学《ウチ》の部に付き合ってくれるのは」

「……」

瑞希は黙った。それから、こう訊く。

「明日は勝てると思いますか。ヤスシ先生」

「向こうは央学《ウチ》ほどには対策を講じてきてないでしょう。そこにアドバンテージはあると思います。けど」

「……けど？」

「ラグビーにはね、大番くるわせっていうのかな。巨人殺《ジャイアントキリング》しがないんですよ」

「それは……。グラウンドに十五人も選手がいるからですか？」

一人の開ける穴が、そして、一人の突出《とっしゅつ》した才能による優位性《ゆういせい》が、他のスポーツより少ないというのは理解できる。簡単な算数の理屈だ。

瑞希にちょっと頷《うなず》いて、ヤスシは続けた。

「それに、攻撃権が交代じゃないでしょ。弱いチームはボールを持ってもすぐ奪われますから、攻撃の機会すら与えられない。ラグビーは、最も激しいコンタクトスポーツの一つですからね。ボール争奪戦でスタミナが切れたあとは、一方的にやられます」

「そうですね……」

ラグビーを始めたばかりの者には、どうしてもハンドリングエラーが付き纏《まと》う。ボールを前に落とすノックオンや、前にパスを放るスローフォワードの反則を犯しやすいのだ。それをカバーするには、フィジカルを鍛えてフォワード戦で勝つ他ない。

そう、そこがラグビーの入り口なのだ。

瑞希には、ずっと疑問だった。

どうして、たかがスポーツのために苛烈《かれつ》とすら思えるような激しいコンタクトに行くことができるのか。下手《へた》したら死んでしまうかもしれないというのに。だから、白虹寮に来たばかりの頃は選手たちが大きな怪我《けが》をしないかばかりが心配で仕方がなかった。競技人生が終わったあとも、彼らの人生は続くのだから。

「……あの、ヤスシ先生。わたし、思うんです。もしわたしがラグビーっていうスポーツを作っていたらって」

「え？」

「たぶん、今みたいなルールにはしませんね。体の接触は禁じるし、得点も時間経過によって持ちまわりで平等に入るように設定します。だって、みんな物凄く努力してるのに、敗者が出たら可哀想《かわいそう》でしょう？」

　そう打ち明けてみると、ヤスシはただ笑った。瑞希も笑う。

「女って駄目ですね。じゃなくて、わたしが駄目なのか。そんなスポーツ、誰も観ないし、誰もやらないし、誰も好きにならないですよね。面白くないから」

　そうなのだ。央学ラグビー部のみんなは、疑いようもなくラグビーが好きだ。愛していると言っても過言ではない。最初は、たまたま選んだだけだったかもしれない。でも、今はラグビーというスポーツしか彼らの頭にはない。

　それは単純に、そして純粋に、ラグビーが魅力的で面白いからだ。強く、激しく、そして厳しい。このラグビーという劇的なスポーツだからこそ、難関だからこそ、彼らは挑むのだ。

　そして、雑念を廃して一直線に進むことのできる環境を、央学という高校が、そして瑞希の父であるカツオが用意している。だから、彼らは挑戦できるのだ。スタートを切る方法さえわかる瞬間があれば、どこまでも続く飛翔が央学生にはあった。それは、そばで見ていた瑞希にはよくわかった。こんなにもまっすぐに生きられる人が、生きられる時間が、世の中にどれほどあるだろう。ラグビーの競技人生とは、彼らにとって、普通の人の人生一回分と同じなのだ。一度最後まで生き切って、だから次がある。脳味噌まで筋肉なんて揶揄《やゆ》する言葉があるけれど、あれは本当は悪い意味ばかりじゃない。あらゆる意味で、本物の競技者は常人とは違うのだ。そこに観る者の心を大きく震わせる輝きがある。選手たちは、瑞希の知らない道を歩んでいる。いや、走っている。

「……わたしは、央学ラグビー部が一番格好いいと思います。今のみんなは、充分な体力も精神力も備えていますよ。きっと一時間立派に戦い抜けます」

「そうですね。俺も信じてますよ。あいつらのこと」

　結果がどうであっても、きっと最後まで彼らを見届けよう。

　瑞希は、まだ明かりの灯る白虹寮を見つめた。見た目は綺麗《きれい》だが、施工料《せこうりよう》をケチって壁の薄いアパート。音漏《おとも》れなんか当たり前で、隣の部屋のいびきをよく耳にした。変な寝言まで聞こえてきたことすらあった。それだけ彼らが日中頑張って、深い眠りについている証《あかし》だった。

瑞希は、だから……。央学ラグビー部が、好きだった。

決戦前夜はゆっくりと更けていった。


目が覚めると、まだ外は暗かった。十一月の早朝は、もうかなり冷える。上着を羽織《はお》って、瑞希は白虹寮の外に出てグラウンドへ続く坂道を登った。

少し風があった。

グラウンドから見上げると、新しい朝が藍《あい》色の空を染め始めていた。裏の山手はもう紅葉が満ち、艶やかに木々を彩っている。地面を漂う空気は景色よりも冴え冴えと冷え、空はゆっくりとその青さを増していた。東雲《しののめ》。暁天《ぎょうてん》。たなびく霞《かすみ》。秋の空はどこまでも澄んで高く美しく、刻一刻とその表情を変えた。

瑞希の知っているこのグラウンドでは、いつでも誰かが走っていた。スクラムを組んでいた。タックルに挑んでいた。選手たちの積み重ねた時間が、ここには染みついている。みんなの上げる掛け声が、今も耳に響いてくるようだった。

グラウンドで待っていると、誰かが来た。逸哉だった。

「おはよう、逸哉君」

「あ……。おはよう、瑞希さん」少し目を瞬いて、逸哉が頭を掻《か》いた。「……誰もいないかと思ったから、びっくりした。早起きだね」

「きみもね。……もしかして、緊張してる？」

「そうかもしれないけど、よくわかんない。そっちは？」

「え？」

「また心配してんの？」

そう言って、逸哉がちょっと困ったように笑う。瑞希は素直に頷いた。

「そうだよ」

瑞希はふと、逸哉と出会った半年前のことを思い出した。あれは、まだ春だった。季節は夏を通り越して、もう秋だ。濃度の高い時間は亀の歩みのようにゆっくりとしていたようで、兎《うさぎ》の跳躍のようにあっという間だった。

「……あのさ。わたしが白虹寮に来たばっかりの頃のこと、覚えてる？　夜中にさ、そこの道で偶然会ったよね」

瑞希は、白虹寮のそばを通る道路を眺めて微笑《ほほえ》んだ。

「あの時、きみはわたしに嘘をついたよね」

「え？」

「ラグビーなんか真剣にやってないって言ったでしょ。……あれ、嘘だったよね」

あの時は知らなかった。瑞希が白虹寮に来るずっと前から、彼が走り続けてきたことを。でも、今は知っている。彼がなにも語らなくても、よくわかっている。逸哉は、誰よりもラグビーに対してまっすぐで、誠実で、そして真摯《しんし》だった。

そして、同じ頃、同じ嘘を瑞希についた少年がいた。龍之介だ。一番ラクだからラグビー部を選んだ、なんて瑞希に言って。

初めて彼らに会った頃、二人の性格が正反対だと感じたのが嘘みたいだった。龍之介と逸哉は、本当に似た者同士だ。早朝練習して、放課後練習して、居残り練習して、週末練習して、夏休みも練習する。他の誰が彼らとは違う時間をすごしていようと、関係ない。頭の中はラグビーでいっぱいで、同じところを目指す互いを意識し合っている。本当は、瑞希のことなんか念頭にもないに違いない。グラウンドにいない時も、二人はいつもどこか遠くを走っている。

「わたし……、白虹寮に来てよかった。きみたちが凄《すご》くなってくの、近くで見られたから」

少し黙ってから、逸哉が瑞希の目を見た。逸哉が言う。

「三年生が引退したら、もう……。行っちゃうんだよね」

その問いに、瑞希は正直に頷いた。

「でも、きみたちのこと、最後まで見届けるから。だから……、勝ってね。逸哉君」

瑞希が言うと、逸哉は微《かす》かに白い歯を見せた。白虹寮から人の気配がし始める。きっと、誰もが今日という日のために早く目覚めてしまったのだ。逸哉は瑞希に背を向けた。小さくなっていく逸哉の姿を、瑞希はグラウンドの上から見送った。

決勝の会場は毎年変わる。今年は、県内でも有数の運動公園が決戦の舞台となった。運動公園を貫く黄色く染まった見事な楡《にれ》並木が、ずっと先まで続いている。煉瓦《れんが》を敷き詰めた道には、落葉が幾重にも積もっていた。風が吹く。梢《こずえ》が擦れ合い、淡い音楽を奏でていた。

白いゴールポストが設置されたグラウンドには、早くも観客が集まっていた。準決勝で敗れると目されていた央学にも、今日ばかりは数多くの応援団が駆けつけている。すでに学内の生徒や保護者が、夏合宿で宿を世話してくれた佐々木《ささき》を中心とした央学ラグビー部ファンたちに率いられて応援の旗を振っていた。

朝実《あさみ》や朝実のご主人に子供たちも駆けつけてくれたが、応援席の熱気に圧倒されていた。

「……あっ、瑞希！　こっちこっち」

「来てくれてありがとう。朝実。遠かったでしょ」

瑞希は、朝実のご主人と子供たちに挨拶《あいさつ》をした。今日は、この観客席で央学ラグビー部を応援する仲間だ。朝実は瑞希の背中をバシバシ叩いた。

「旅行気分で楽しかったよ。応援団、凄いねえ。いつもこうなの？」

「央学は今日から。清大付属は……、たぶんいつもかな」

朝実の子供たちにわちゃわちゃやられながら、瑞希はそう答えた。携帯に保存してあるトリミング済みの朝実の画像は、あれから何度か部員にせがまれて見せてあげた。さて、今日彼女をみんなに紹介するかどうかは、――結果次第だ。

やがて、両チームの選手たちがグラウンドに出てきた。円陣を組んで、なにを話しているのだろう。きっと、そんなに深い意味はないことだ。なにをやるかは、もう口にしなくたってグラウンドに立つ誰もがわかっている。

いよいよ、その時が来た。

グラウンドに駆け込んでくるレフェリーの姿を見ると、思わず全身に力が入った。隣に座った朝実が、驚いたようにこちらを見る。

「え……、震えてるの？　瑞希」

「し、心配で見てられなくて……。でも、観なきゃ」

じゃなきゃ一生、後悔する。泣いても笑っても、この一時間で彼らの積み重ねた日々のすべてが決まるのだ。

今日が、瑞希の応援したメンバーの央学ラグビー部にとって最後の試合になるかもしれない。そうなったら、さすがに瑞希も自分の人生を生きなければならない。グラウンドに立つ少年たちにも未来があるように、瑞希には瑞希の未来がある。

だけど、今は彼らと一緒に、青空の下でどこまでもあのボールを追っていたかった。

唇を強く引き結んでいる瑞希を、朝実が茶化した。

「……さては惚《ほ》れたか。高校生に」

「違うってば。あの子たちはわたしにとって……、弟か息子みたいなもんだから」

「へえ。デカいなー、瑞希の息子」

朝実はそう大笑いして、それから瑞希の手を握ってくれた。

清大付属がキックオフを取った。

そして、とうとう、試合開始の笛が鳴った。

＊＊＊

なぜだかその時、ナンバーエイトを務める真斗の頭には、いつか逸哉とした大喧嘩《おおげんか》のことがよぎっていた。

あいつに言われたあの時の言葉は、高校三年間の中で一番痛かった。

『あんたらのラグビーって、こんなもんなのかよ』って。

なんで痛かったのかはわかっている。誰よりも真斗自身が、ずっと自分に投げかけていた言葉だったからだ。

あの時は自分以上に仲間のことを言われたのが許せなくて、誰よりも先に声を上げた。だけど、あんなことを言われるような状態になっている仲間を、友達を放っておいて、そのど真ん中でぷかぷか浮かんでいた自分は、もっと許せなかった。

いつか、そうなってしまった自分を許せる日は来るのだろうか？

その答えの一つが、今日わかるのかもしれない。そう思うと、酷《ひど》く怖かった。

ふと見れば、天城圭吾《あまぎけいご》が、すでにハーフウェイラインに立っていた。

春に高校に入ったばかりの一年生のはずなのに、そして、そう身長が高いわけではないのに、グラウンドに立つと天城はひとまわり大きく見えた。まるで野生の獣だ。

その時の真斗の視界には、スポットライトでも当てたように、もうすでに天城圭吾一人しか映っていなかった。

今日最初のタックルは俺がいく。

これまで共に頑張ってきた仲間と、勝利を摑《つか》むために。

そう決めていたはずなのに、いざ円陣を離れると、体は他人のそれかのように上手《うま》く動かなくなっていた。全身の血が滞《とどこお》って、充分に温めたはずの指先がもう冷たくなっている。

天城が大きく蹴《け》ったボールが、自陣へと飛んできた。

あっ、飛んでる。

え？　なにそれ。

まるで他人事《ひとごと》だ。

ロックの英二がキャッチし、パスがまわった。体が重い。それでもなんとか、真斗は仲間を追って走った。

しかし、清大付属も黙っていない。ボールがまわった先ですぐにタックラーに捕まって、ラックになった。蒼士が出したボールが展開し、真斗も慌てて攻撃ラインへ加わった。

しかし、その央学の組む列へ、天城が一気に駆け込んできた。

「あっ……」

動くより先に、小さく声が出てしまった。真斗がパスを放った瞬間、天城の影が駆け抜けていく。

インターセプトだ。

ターンオーバー。一瞬にして、チャンスがピンチに切り替わった。

駿足の天城がぐんぐんスピードを上げ、逆に背面に戻らなければならない央学は遅れた。当然、真斗も遅かった。それでも懸命に追ったが、間に合わなかった。

天城はそのまま、トライを決めた。いい位置からのコンバージョンキックを狙って、天城がインゴールを悠然《ゆうぜん》と走る。

「あ……、あいつ……」

それ以外に、声が出ない。

天城は、開始直後のトライを完全に狙っていた。少し風に戻されたのもあった。

緊張に、いつもよりもパスが浮いていた。

だが、ディフェンスラインを崩して天城が突っ込んでくれば、そこに穴ができる。ステイールが失敗すれば、トライどころか清大付属の大ピンチだったはずだ。絶対にインターセプトが成功すると踏んで、天城はスタンドプレイに出たのだ。

「ちくしょう、舐《な》められてんな……」

ゴールラインに立って、誰かが悔《くや》しそうに言う。

央学の十五人も全力で走ってプレッシャーをかけにいったが、正面からのコンバージョンキックを天城が外すわけはなかった。

あっという間に、清大付属スコアに七点が刻まれた。

すると、誰かが真斗の肩を叩いてきた。

「真斗さん、緊張しすぎ」

「え？」

顔を上げると、それは逸哉だった。他の十四人が完全に緊張し切っているのに、逸哉だけは平常通りだった。

笑っている。それが悔しい。

けれど、もっと悔しいのは、逸哉がなにも気負っていないことに、自分が安堵《あんど》してしまったことだ。

「やられたら取り返せばいいだけのことでしょ。いつも通りやったら絶対勝ちます。だから、顔上げて」

「……なんだよ、それ。フォローのつもりかよ」

「じゃあ、もっと叩くか。あんな舐めたインターセプト許してんじゃねえよ。次やったら、先輩でもぶっ飛ばす」

こちらの舌打ちを待たず、真斗がチームで一番嫌いなスタンドオフはさっさとハーフウェイラインへ走り去った。その真斗の隣へ、同じフォワードの啓太が並んできた。

「大丈夫か？　気にすんな、まだ始まったばっかりだ」

「わかってるよ」

静かに、真斗は頷《うなず》いた。

逸哉が、飛距離のあるキックオフを蹴った。即座にロングキックが返ってくる。キャッチした龍之介は、今度はパスでボールを展開した。央学のゲインラインが、徐々《じょじょ》に前へと進んでいく。

しかし、次の瞬間だった。

グラウンドの空気が、一時止まった気がした。ボールを受け取ってパスのようなフェイントを入れた逸哉が、ふいに、動きを変えたのだ。

そしてそのまま、本当にさり気なく――逸哉はドロップキックを放った。

「あっ……」

誰かが、悲鳴にも似た小さな声を上げる。真斗もそれに倣《なら》った。

「……えっ？」

マジで？

味方である真斗でさえも、呆気《あっけ》に取られた。

ほとんど予備動作のない、ついでに言うと差し迫った必然性もないドロップキックは、音のなくなったグラウンドを弧を描いて飛んだ。

そして――、そのまま、見事にゴールポストの中央へと吸い込まれた。

気がつけば、真斗はグラウンドに棒立ちしていた。

「……あいつ。このタイミングでドロップゴールなんて、普通狙うか？」

真斗が呟《つぶや》くと、同じく呆然《ぼうぜん》とした顔を必死に隠そうとしている啓太も頷いた。

「まだ焦る時間でもなんでもないのに」

「なあ、ホントに」

「さっきの天城のインターセプトに、滅茶苦茶《めちゃくちゃ》切れてたんだな。逸哉の奴、怒ってんなら顔に出せっつーの」

「はあ……。……はぁ？　これ、花園《はなぞの》予選の決勝だぜ。わかってんのかよ。外してたら殺してるぜ、マジで」

　啓太も同意する。

「でも、決まっちゃったんだから結果オーライだよな。こりゃ」

「ああ」

　諦めて、真斗もそう認めた。

　スコアは七対三。

　まだ試合開始五分も経っていなかった。


　やっとのことで再び走り出した真斗の視界には、もうグラウンド全体が映っていた。

　天城圭吾は確かに凄《すご》い選手だ。

　でも、央学《ウチ》には榊野《さかきの》逸哉がいる。

　そして、天城や逸哉でさえも、十五人のうちの一人でしかないのだ。十五人の仲間が、共にグラウンドを走っている。

俺らだって、あの時から今日まで死ぬほど練習してきたんだ。

「……負けて堪《たま》るかよ」

真斗は、口の中で強くそう呟いた。

――またも、キックの応酬《おうしゅう》が始まった。

菅平高原《すがだいら》でのトレーニングマッチが、両チームの念頭にあった。

試合は、すぐにキックゲームとなった。どちらが仕掛けたわけでもないが、双方が受けて立った。

逸哉の放った精度の高いロングキックが、大きく飛ぶ。

「よっしゃ、行くぞ！」

真斗は叫んだ。

一斉に、央学の仲間たちがボールを追いかけていく。

央学のプレッシャーを躱《かわ》し、敵陣深くまで飛んだロングキックを難なくキャッチすると、清大付属はそのままボールを持って切り込んできた。

これだけ自陣のインゴールが近いのに、陣地回復のためのキックを選ばない。攻撃権《ボール》を持ちさえすれば、央学ごときに渡すことはないと思っているのだ。真斗はさっきよりも大きく舌打ちをした。

やってやる。

真斗は咆哮《ほうこう》を上げた。

突っ込んできた敵センターをタックルで思いっきりぶっ倒した。目の覚めるような激しい衝突に、ようやくスイッチが入った思いがした。

思わず、真斗は強くこう叫んでいた。

「……よっしゃあ‼」

敵センターと一緒に地面に転がると、すぐに笛が鳴った。真斗の狙いはノックオンだった。だが、ジャッジは違った。

真斗は、一瞬目を見開いた。

――ノットリリースザボールだ。

タックルされた清大付属選手がボールをすぐに離さない反則を取られたのだ。央学は、敵陣でのペナルティキックの権利を得た。

ペナルティキックとは、相手の反則によって与えられるキックのことだ。ペナルティキックの権利を得ると、選択肢《し》は四つある。

スクラムを選ぶか、タッチキックを蹴《け》ってボールをグラウンドの外に出し、ラインアウトからのセットプレイに臨《のぞ》むか、それともボールに足をパッと当てて即座にプレイを再開して攻め込むか。そして、最後の選択肢は――、直接白いゴールポストを狙うキックだ。

央学には、逸哉がいる。位置もいい。

狙うのは、もちろんペナルティゴールだ。

危なげなく、逸哉の蹴ったボールはゴールポストの中央を突き抜けていった。

スコアは七対六になっていた。

＊＊＊

前半の半分以上が終わった。

央学は、ディフェンスの隙《すき》を敵フルバックに上手《うま》く衝《つ》かれ、清大付属にさらに1《ワン》トライ1《ワン》ゴールを許していた。

しかし、直後に運よく敵陣で反則を貰い、央学は再びペナルティキックのチャンスを得た。逸哉がゴールを狙い、見事に決まった。再び、央学は三点を追加した。

得点差は、十四対九になっていた。

その後も、両チーム共《とも》に何度かセットプレイのチャンスを得たが、攻撃フェーズを重ねても、清大付属のゴールラインは遠い。

まだ央学はノートライだった。

啓太は、焦っていた。

キャプテンの自分が、この状況をなんとかしなくてはならない。

清大付属の猛烈なアタックに、央学は素早いダブルタックルで対応していた。敵一人が切り込んでくれば、それを二人がかりで潰すのだ。しかし、やはり地力の差はある。ボールはほとんど央学側の陣地にあった。一つのミスが即失点に繋《つな》がりかねない状況が続いていた。

右プロップを担《にな》う剛が戻ってから、央学フォワードの質は明らかに変わった。スクラムやラインアウトでも清大付属と競り合うことができていたが、この二か月間ずっと練習してきた秘策を使うには、敵陣が遠い。

「啓太さん」

「ああ、どうした？」

声をかけてきた逸哉を、啓太は見返した。逸哉が頷く。

「焦んなくても大丈夫。必ずチャンスは来ます」

「わかってるって」

また浮き足立ち始めた仲間たちに、逸哉が声をかけていく。本来なら部長の啓太の役割のはずなのに、自然と逸哉が代わっている。

こういう勝利に必須《ひっす》のチームを引っ張るキャプテンシーは、啓太にはない。ヤスシは調整力があるとおだててくれるが、そういう面でももっと秀でた者がいる。仲間のメンタルに関して細かいところまで気がつくのは、啓太よりもむしろ龍之介だった。

啓太は思った。きっとこいつらが三年生になったら、央学ラグビー部はもっと凄いチームになる。

けれど、今戦っているのは自分たちだ。

央学は、いつだって走力とスタミナ勝負のチームだ。そのために、今日まで過酷《かこく》な練習に耐えてきた。キックゲームとなってボールを追って走り、縦横に広大なグラウンドを使う前半戦の展開は、望むところだった。

央学と清大付属の三十人は、互いに一歩も引けを取らずに走り続けた。

「はっ、はっ、はぁっ、はぁっ……！」

心臓が、耳元で鳴っているようだった。喉《のど》が狭まり、息が苦しい。けれど、絶対に止まるわけにはいかなかった。一人が止まれば、チーム全体が瓦解《がかい》する。ラグビーというスポーツは、そういう風にできている。

一転、央学のふいを衝《つ》こうと、清大付属がリズムを変えてきた。

縦の展開から大きく横へパスを放ち、両チームが右サイドへ寄っていく。

ブレイクダウン。次は左に展開された。逆サイドに寄らされていた分、央学ディフェンスに枚数が足りない。

ステップで抜かれかけたが、なんとか央学はギリギリで敵ボールキャリアーをタッチラインの外へ弾き出した。

「よっしゃ！」

――来た。そう思った。

ピンチを脱し、久しぶりに清大付属の陣地でラインアウトのチャンスを得た。

今日はラインアウトスティールを一度も許していないし、ノットストレートの反則もない。ボールをスローインする啓太は、思い切ってサインコールをした。

「一気に行くぞ！」

高く持ち上げられたロックの公章が、啓太の投入したボールを掴《つか》む。公章はそのまま地に降りてナンバーエイトの真斗にボールを渡し、央学フォワードの八人が一塊《ひとかたまり》となった。ドライビングモールだ。

八人が低く繋《つな》がり、大きな波を起こしてトライを目指す。啓太たちは、前へ前へと強くボールを運んでいった。

剛が戻ったことで、清大付属フォワードとの体重差はかなり詰めた。ゴールラインまでは少し距離があるが、ここに清大付属フォワードが集まっている以上、敵ディフェンスラインのスペースは大きい。バックスに展開することになっても、有利にゲームが進むはずだ。いける。

想定通り、モールはゆっくりと時計まわりにまわった。

「このまま押せ!!」

しかし——。

モールの流れを支配しているのは、清大付属だった。

まっすぐ敵ゴールラインを目指すはずが、央学が起こす波は、どんどんタッチラインへ向けて斜めに軌道をずらされていく。双方のスクラムハーフが、怒号のような声を上げた。

「くっ……!」

笛が鳴った。タッチに押し出されてしまったのだ。

もう一度、今度は清大付属のラインアウトだ。難なくボールキャッチされ、あっという間に天城にまでボールが渡って、高く弧を描くハイパントキックが舞う。

それを、チームの最後尾に構えていたフルバックの恒生がキャッチミスして、瞬く間に自陣のタッチラインからボールが出てしまった。

「ああっ……」

失望の声を上げかけるのを、フォワードの八人は堪《こら》えた。

フルバックに入っている恒生は、サッカー部から来たばかりの初心者なのだ。これまで、充分すぎるほどによく頑張ってくれている。キャッチミスがあるのは仕方がなかった。

フォワードはバックスを責めない。少なくとも、央学においてはそうだった。キツいのは紛《まぎ》れもない事実だが、フォワードが体を張ってカバーする他なかった。

またセットプレイだ。清大付属ボールのラインアウトである。

しかし、その瞬間だった。

あっ……。

啓太は息を呑《の》んだ。

ボールが投入されると同時に、敵フォワードが、骨まで響くような低い音を立てて強く深くバインドしたのだ。そのまま腰と頭を互いに低く入れ込んだ清大付属エイトに、啓太たちは思いっきり押された。――ドライビングモールだ。

やり返すつもりかよ。

清大付属フォワードの意図を知り、啓太は一瞬怒りに燃え上がった。

だが、その怒りがミスに繋がった。動きを間違えた。そう思った瞬間、さらに焦る。焦ってしまった。

敵フォワードの起こす大波から弾き出され、一気に勢いがついた。

まるで央学にお手本でも見せつけるかのように、清大付属のドライビングモールが央学ゴールラインを割った。トライを奪われたのだ。

――観客席から、今日の勝者が誰だか思い知らされるような轟《とどろ》くばかりの歓声が上がった。

前半終了が近い。

ここまで来てもなお、央学はトライのチャンスを掴むことができていなかった。

なんとか平静を装ってゴールラインに並ぶと、フォワードの誰かが声を上げた。

「……あー、マジかよ。桃工戦でも美祢ヶ丘戦でも温存して勝ったのになあ。必殺のドライビングモール」

「……」

誰も彼もが、一瞬沈黙した。

重苦しい数秒の中で、見えているのはグラウンドを覆《おお》う緑の芝だけだった。

「なあ、啓太。ホントにまたドライビングモールでいくの？　あんなに綺麗《きれい》に止められたのに。作戦変えた方がいいんじゃないか？」

仲間を代表するようにそう訊いてきたのは、真斗だった。啓太は、拳を握り締めた。

「だってさ、あんなに嫌みったらしくやり返されて悔しくないのかよ？」

「悔しいに決まってるだろ」

「だったらやるぞ」

ラグビーの悔しさは、ラグビーでしか返せない。そのことは、幼い頃からラグビーをやり続けてきた啓太にはよくわかっている。この場所に、この思いを置いてはいけない。

「こんな後悔一生引きずれるか？　……やるしかねえよ」

啓太の低い呟《つぶや》きは、フォワード全員の胸に染み渡った。

いや、フォワードだけじゃない。バックスも共に頷《うなず》いていた。

ちらっと見ると、逸哉も黙って頷いた。ゴーサインだ。

天城のコンバージョンキックは、わずかに外れた。しかし、央学の選手に喜ぶ者は一人もいなかった。

現在、十点差。スコアは、十九対九になっていた。

「今度こそ行くぞ！」

敵陣から返ってきたロングキックの着地点には、逸哉がいた。

逸哉に対して、対面《トイメン》の天城がタックルをかけにくる。タックルされながら放るオフロードパスが決まり、ボールは蒼士を経て翔平へ、そして立ち上がって駆けつけた逸哉へと渡った。逸哉が敵を引きつけ、大外へパスがまわると、龍之介がハンドオフでタックラーを倒した。タッチライン際を走り、龍之介が一気にゲインを切る。

「行け、龍之介！」

「サポート、急げ!!」

龍之介が倒される直前に零《こぼ》れたボールが敵に渡ったが、その敵を真斗が気合いのタックルで吹っ飛ばした。再び、敵陣でのマイボールラインアウトだ。

二回目だ。

当然、敵に狙いはバレている。

どうせまた、ドライビングモールでしょ？

そんな顔をされている気がした。

啓太は、心の中で答えた。

おう、そうだよ。

さっきと同じサインコールを堂々と叫んで、啓太はボールを投げ入れた。

プロップに持ち上げられたロックの公章がさっきよりも速く強くボールをキャッチし、央学フォワードの八人は一気にドライビングモールに入った。今度こそ、しっかりと低く入ってバインドするのだ——八人はガッチリと深く摑み合って結びついた。そして、そう簡単には止まらない力強い大波を作り上げていく。

「行くぞ！」

央学が起こす鋭く猛烈な波が、ゆっくりと清大付属フォワードを押し始めた。

勢いがついていくと同時に、バックスも加わって、モールに対して縦にバインドしていく。後ろに二枚残して、とうとう央学の十三人がモールを押し始めた。速い。走るような速度でぐんぐん敵陣が近づいてくる。十三人分の力が加わった一塊《ひとかたまり》のモールが、前半終了間際の清大付属インゴールに突き刺さった。

よし！

ゴールラインをしっかりと足で踏み越え、啓太は拳を握った。

＊＊＊

「きゃあぁっ、やったぁ――!!」

カツオの指導の下に練習を重ねた十三人がかりのドライビングモールが見事に決まり、瑞希は悲鳴のような歓声を上げた。

清大付属から、央学が初めてトライを奪ったのだ。十九対十四。央学の放つ激しい気迫が、観客席にいても伝わってくるようだった。

しかし、問題があった。

トライは、グラウンドの両サイドを走るタッチライン近くに決まった。

成功した二回のペナルティキックとは違って、コンバージョンキックの角度がないのだ。

「どうしよう……。い、逸哉君……」

瑞希は、唇を噛《か》んで逸哉を見つめた。

今日初めての央学コンバージョンキックだ。

央学応援団の上げる大歓声がまだ鳴り止まない中、逸哉がボールを受け取った。

観戦に飽きて泣き始めた子供たちはいつの間にかパパに連れ出され、隣には朝実だけになっていた。その朝実の手を握り締める瑞希の手に力がこもって、朝実がにやりと笑う。

「あー……。あの子か」

「だ、だから違うってば。今は物凄《ものすご》く大事な時なの」

そう言いつつも、瑞希はさらに手に力を込めた。

グラウンドに孤独に立つ逸哉の心境を思うと、目を瞑《つむ》りたくなった。

そんな瑞希を軽く笑うように、逸哉はいつもと変わらず観客席の瑞希を探し始めた。

「……」

瑞希は、目を瞬いて呆《あき》れた。

言葉を失うとは、まさにこのことだ。

今どこに立っているのか、わかっているのだろうか。

グラウンドに駆けていって、頬《ほお》に平手打ちでもしたい気分だった。目の前のことに集中しろって、怒鳴ってやりたい。馬鹿じゃないの？　ホントに。

しかし、決して馬鹿じゃない。この榊野逸哉という男は。

『ONE《ワン》　FOR《フォー》　ALL《オール》，ALL《オール》　FOR《フォー》　ONE《ワン》』。龍之介に教えられてから、瑞希はその意味を調べた。

『一人はみんなのために、みんなは一人のために』。確かにそれは、日本人の誤訳だった。

本当の意味は、『一人はみんなのために、みんなは勝利のために』、である。

だけど——。

本来の意味ではないのだけれど、紛《まぎ》れもなくこの『ＯＮＥ』とは、逸哉のことを指すのだと瑞希は思った。

逸哉はチームのために、チームは逸哉のために。

疑いようもない真実がそこにはあった。

央学ラグビー部の全員が——龍之介が決死の努力をしたことを、瑞希は知っている。

本物の魂の結晶のような時間だった。

誰もがラグビーという競技を愛し、そして、ラグビーという競技から愛されたいと願って懸命に努力する。

けれど、愛される人間は一握りだ。

本当に才能があるのは逸哉だけ。

あれほど走った龍之介は、結局逸哉の背には届かない。ラグビースピリットをも逸脱した才能を、逸哉はその体の中に持っている。

榊野逸哉は、間違いなくラグビーに愛された男だった。

その才能が、その実力が、そして、それらを持ったった一人の選手として背負う責任が、どれだけ逸哉の肩に圧し掛かっているのか。

瑞希も、逸哉も、そして央学ラグビー部の全員が、そのことを知っていた。

それでも、逸哉は成さなければならない。それが、榊野逸哉という男だ。

だから、瑞希は叫んだ。

「……絶対決めてっ、逸哉君!!」

逸哉の蹴《け》った難しい角度のコンバージョンキックは、ゴールポストの白いポールの間ギリギリのところを低く射抜いた。

直後、前半終了のホイッスルが長く響いた。

点差は、十九対十六となっていた。


「善戦してんじゃん、央学！」

「う、うんっ」

「やっぱりカツオマジックなのかなあ。……おじさん凄《すげ》えわ」

まるで手品でも見たかのように、朝実は頬を紅潮させていた。

確かに、十九対十六の折り返しは央学からすると大健闘だった。

朝実は、瑞希にこう訊いてきた。

「ねえ、瑞希。おじさんにさ、なんか激励の声とかかけたの？」

「うん。……負けたら孫は一生抱かせないって、言っといた」

そう答えると、朝実がぶはっと大きく噴き出した。それから、瑞希の真剣な目をまじまじと覗《のぞ》き込んでくる。

「……あー、冗談かと思ったら、こりゃ本気だわ」そう呟《つぶや》いてから、それから朝実は目を細めて分別《ふんべつ》くさくこう続けた。「そっかあ。瑞希も相当頑張ったんだねえ、央学で」

「ううん。わたしよりお父さんより、頑張ったのは選手たちだよ」

「違うよ。瑞希も頑張ったんだよ」

「……」

隣に座っている親友の声が、今は不思議なくらい素直に胸に染み込んだ。

最初は不安だった。央学ラグビー部のためになにかしたいと思ったけれど、自分みたいな人間になにができるのかって、迷ってばかりだった。あの頃の瑞希は、本当になにも持っていなかった。全部失ったのだと思っていた。でも、今は……果たして、瑞希は彼らのために少しでも力になることができたのだろうか？

秋の空は澄んでよく晴れ、空気は凜《りん》と引き締まっていた。央学応援団は、文字通りのお祭り騒ぎだった。佐々木がなにやら央学ラグビー部特製の応援コールみたいなものを叫び、瑞希もまわりと息を合わせて急いでそれに応じた。

一方、清大付属サポーターたちからは、大きな動揺《どうよう》と怒声が湧き起こっている。ざわめきの収まらないまま、後半戦が始まった。

残り三十分に、央学ラグビー部の十五人はこれまでのすべてを懸《か》けるのだ。

「……ねえ、勝てると思う？」

ラグビーの面白さに魅了され始めているのだろうか。どこか興奮した声で、朝実が訊いてくる。わからない、と答えようとしてやめ、瑞希は何度も強く頷《うなず》いた。

「勝てるよ。絶対勝てる」

瑞希の強い声を聞き、朝実が微笑《ほほえ》んだ。

「瑞希とおじさんが応援したチームだもん、そうだよね」そう言って、朝実が瑞希を見た。

「……瑞希、本当に変わったね。こういう時、前なら一歩引いてるようなことを言ってたのにさ」

「そうかな」

「うん。これって、凄くいいことだよ。一緒に最後まで応援しよう、瑞希の央学ラグビー部を」

「ありがとう、朝実」瑞希は改めて親友の手を握り直し、グラウンドに立つ選手たちに向かって叫んだ。「最後まで頑張れっ、央学――!!」

これからしばらく声が出なくなってもいい。瑞希は、喉を嗄《か》らして応援の声を上げた。

しかし、瑞希はすぐにまた唇を嚙《か》むことになった。

後半が開始すると、再び央学陣営でのプレイが長くなったのだ。

ブレイクダウンが続き、清大付属の攻撃が何フェーズにも重なっていく。じわりじわりと、ゲインラインが央学ゴールラインへ迫ってきていた。

朝実が、焦燥《しょうそう》したように瑞希に訊く。

「こ、これなに？　なにやられてんの!?」

「ピックアンドゴーっていって……。ラグビーの基本攻撃で攻められてるのっ」

泣き声になりそうなのを堪《こら》え、瑞希はそう説明した。

ボールを持った選手がタックルで潰されても、ラックから素早くボールを出して即座にゴールラインへ向かう。その選手がまた倒されても、走り込んできた別の選手がボールを持って一直線に走る。それを繰り返す攻撃のことを、ピックアンドゴーという。

ラグビーでは、パスを前方に投げることはできない。だから、パスを選択すれば、それだけゲインラインが下がってしまうのだ。それでは、いつまで経っても敵のゴールラインは近づかない。

だから、ブレイクダウンからボールを出したらその選手がすぐに切り込むことで、少しずつでも確実に敵陣営に食い込んでいくのだ。

体が大きくて強い選手が多いチームが使えば、シンプルなだけに恐ろしいほど嵌《はま》る力業《ちからわざ》だ。菅平高原のトレーニングマッチでもお目にかかることのなかった、清大付属の伝家の宝刀である。

清大付属は、じっくりと時間を使いながら、少しずつ確実に央学の十五人を攻め立てた。

一方、守る央学側はキックケア要員も後方に残しておかなければならない。どうしても、敵アタッカーよりも枚数が足りなくなる。少しずつ確実に中央を攻め込まれ、ついにゴールライン間際までゲインラインが迫った。

「ああっ、駄目っ……！」

最後は、ラックの上からスーパーマンでも飛ぶように重い敵プロップがぐんと飛んできて、ゴールポストのど真ん中に強引にボールを押し込んだ。とうとう央学はゴールラインを割られてしまった。

あっという間に、清大付属にトライを奪われた。

しかも、またも清大付属のコンバージョンキックは絶好の角度、正面である。

危なげなく、天城がキックを決めた。

十点差。二十六対十六と、点差は大きく広がった。

時間を大きく使われ、央学は再び突き放された。

「強すぎるよ、清大付属……」

「うん……」

お葬式のようだった清大付属応援団が、一気に息を噴《ふ》き返して湧いている。

『ＯＮＥ《ワン》　ＦＯＲ《フォー》　ＡＬＬ《オール》，ＡＬＬ《オール》　ＦＯＲ《フォー》　ＯＮＥ《ワン》』。

純然たるラグビースピリット。

清大付属に、なんて似合う意味を持っているのだろう。

『一人はみんなのために、みんなは勝利のために』。

まさに、清大付属のラグビーがそれだった。

じゃあ、央学のラグビーは？

瑞希は、まだそのすべてをわかったわけじゃない。だから、一心にグラウンドで戦う十五人を見つめた。

頑張って。

もうそれしか口にできる言葉がなかった。

＊＊＊

もう後半もかなりの時間がすぎた。

あれから清大付属フッカーに1《ワン》トライを奪われ、央学もフランカーの慎次が敵の隙《すき》を衝《つ》いてゴールラインを割り、1《ワン》トライ1《ワン》ゴールを返してなんとか食らいついていた。三十一対二十三。点差は八点だった。

「……」

龍之介は、細く長く息を吐いた。

そして、キックオフに向かおうとする逸哉を、じっと見つめる。

逸哉とは、十年以上の付き合いだ。逸哉のことは、逸哉の親よりよくわかっているつもりだった。

こいつの面子《めんつ》もある。

だから、瑞希がどれだけ心配しても、龍之介は言わなかった。……瑞希。彼女のことを考えると、少しだけ胸がちくりと痛んだ。

けれど、今は瑞希のことを考えている場合ではない。すぐに龍之介の頭の中からは瑞希が消え、代わりにいつも追いかけてきた逸哉の背中が映った。

この男は、プライドが異様に高いのだ。そして馬鹿で、本当は酷《ひど》く臆病者だ。いつだって格好つけて、余裕がある振りをして、決して試合で真剣になろうとしない。

ラグビーはおろか、他のどんなスポーツでも見出《みいだ》されることのなかった龍之介にはない怖れを、逸哉は抱《いだ》いている。

逸哉は、試合で本気になって自分の才能の天井を知らされ、敗北に折られるのを怖がっているのだ。逸哉を殴《なぐ》った父親への反抗とやらだって、結局は言い訳にすぎない。父親なんか関係ない。あいつはずっと、自分のラグビーに追い詰められて、自分の限界を知ることを巧妙に避けてるだけなんだ。

「マジで馬鹿だよな、おまえって……」

友達ながら、呆《あき》れる。それに、歯痒《はがゆ》くて仕方がない。

でもさ、そろそろ気付いてもいい頃だろ？

だから、龍之介は無二の親友の背中に声をかけた。

「おい、逸哉」

「なに？」

怪訝《けげん》そうに、逸哉が龍之介を見返す。龍之介は、一番の友達の瞳をまっすぐに見た。

「いい加減、真剣にやれよ」

夏の菅平高原で言ったのと同じ台詞《せりふ》。唇を引き結んで、逸哉は答えた。

「……俺はいつだって真剣だよ」

「嘘つけよ」龍之介は、逸哉の背を叩いた。そして、もう一回言う。「嘘つけよ」

＊＊＊

瑞希は、震えを抑えながらグラウンドを見つめていた。

逸哉が、ハーフウェイラインに立った。

観客席からグラウンドを見渡してみると、央学を引き離した清大付属はかなり落ち着いたように見えた。多少の計算外もあったが、結局は王者である自分たちが勝つ。そう思っているのだろう。

天城圭吾を狙って、逸哉はキックオフを蹴《け》った。キックではなくパスで切り込む攻撃を選んだ清大付属のアタッカーを、真斗と慎次のタックルが狙う。見事にノックオンを誘った。央学のマイボールスクラムである。

スクラムハーフの蒼士と、スクラム一列目中央を担《にな》うフッカー啓太の息がピタリと揃《そろ》った。蒼士が投入したボールに、啓太が完璧《かんぺき》なダイレクトフッキングを決めて、即座にボールが外に出た。

目にも留まらぬ速さで逸哉にボールが渡るが、清大付属ディフェンスも甘くはない。逸哉からパスを受けた選手が、猛烈なタックルで潰された。

ブレイクダウンが、何度も起こる。

そのたびに、スクラムハーフの蒼士が誰よりも速く駆けつけた。央学をタッチラインから弾き出そうと、まるで波状攻撃のように清大付属がどんどん寄せていく。

清大付属陣営に深く切り込み、央学の選手たちは必死に走った。

敵に立ち向かう十五人の選手たちには一人の例外なく疲れが蓄積されていたが、二本の脚のピッチを緩《ゆる》める者はいなかった。

また央学アタッカーが潰される。

「……あれなんだっけ!?」

「ラック！」

瑞希と朝実の会話も大声になっていた。

中央でのラックが続いて清大付属のディフェンスが寄ったところで、逸哉が外にボールを振った。翔平にパスが渡り、逸哉がループ。駄目だ、読まれている。思いっきりタックルを食らって、それでも逸哉はボールを出した。受け取ったのは蒼士だ。

ラグビーでは、寝転がっている選手は死体と一緒だ。プレイには参加できない。すぐさま立ち上がって生者に戻り、魂を得た逸哉はボールを追って走った。

逸哉にボールが戻り、キックのフェイントをかけた。

前半早々に決めたドロップゴールが効いている。体当たりでボールを止めようと、チャージに動きかけたディフェンスの隙を縫《ぬ》って、逸哉が一人躱《かわ》して左サイドに走った。

「！」

ステップとランで、逸哉が抜きにくる。誰もがそう思った瞬間、ボールは駆け込んできたフルバックの恒生に渡った。

「っ……」

生きるのは、逸哉じゃなくていい。

仲間の誰か、それはいつだって紛《まぎ》れもなく、グラウンドの上に立つ十五人の中の一人なのだ。

チームは、十五人の仲間で戦うからこそ強く輝くのだ。

瑞希の瞳に、涙に滲《にじ》んだボールが映った。

「……あのさ、朝実」

「うん」

「わたし……、間違ってた。央学のラグビーって、ずっと逸哉君のためにあるんだと思ってた」

みんなの努力を知っている。いや、央学ラグビー部ばかりではない。日本中のラグビー少年たちが、血の滲むような努力を重ねているのだろう。しかし、それなのに、瑞希の目にはラグビーというスポーツが逸哉のために存在するように映っていた。

だけど、違うのだ。それを、央学のみんなが教えてくれた。

「頑張れ……。頑張って……っ」

溢《あふ》れる涙に、叫ぶ声が掠《かす》れた。

競技経験の浅い恒生が、タックルされながらも気迫のパスを放ち、攻撃ラインに入っていた慎次に渡る。慎次も敵タックルに倒れ、ボールは右ウィングの龍之介に渡った。ウィングは、まさにグラウンドを駆け抜ける飛び道具だ。

「あぁっ……、ボールが生きたっ」

朝実が叫ぶ。

本当にその通りだ。

あのボールは、央学ラグビー部の魂なのだ。

誰も彼もが最後の一人を生かすために体を殺し、仲間の魂を託されて生き残った龍之介が風を切って走った。

仲間の最後の一人が、敵ゴールラインを破るその瞬間のために、十五人全員が全身全霊を懸ける。それが、『ONE《ワン》 FOR《フォー》 ALL《オール》, ALL《オール》 FOR《フォー》 ONE《ワン》』の本当の意味なのだ。十五人全員で得たトライだからこそ、トライを決めたラガーマンが大喜びすることはない。喜びも悲しみも成功も失敗も、すべては十五人のものなのだ。

全員の命を受け取って、龍之介は、見事に清大付属のディフェンスを撃ち抜いた。

「やった――!!」

「央学ウィング、ナイスラン!!」

応えるように、逸哉のコンバージョンキックも決まる。

試合終了まで、あと十二分。

三十一対三十。央学は清大付属を一点差まで追い詰めていた。

＊＊＊

コンバージョンキックを決めた逸哉に、仲間たちが駆け寄ってくる。

「なにでくると思う?」

「決まってる。一番得意のピックアンドゴーだ」

逸哉の言葉に、仲間も頷《うなず》く。

攻撃権を得たら清大付属は時間を使って央学陣営に攻め込み、トライを力業で奪いにくる。

読まれていることもわかっているだろうが、だからこそ、正々堂々と、正面突破を狙う。それが、央学に代わって長年この地区の王者を務めてきた清大付属のラグビーだ。

だったら央学も、迎え撃つのみである。

天城がハーフウェイラインに立つ。短いキックオフが蹴られ、清大付属フォワードが突っ込んできた。激しいボール争奪戦が起きる。ボールが零《こぼ》れ、笛が鳴った。央学のノックオンが取られた。

スクラムがゆっくりと時間をかけて組まれ、清大付属フォワードが力強く押してくる。

さすがに王者だ。少しも圧力が衰えていない。しばらく押し合ったあとで、敵スクラムハーフがじっくりとボールを出す。

そこから、再び清大付属のピックアンドゴーが始まった。

央学もダブルタックルで押し返すようにディフェンスを返すが、少しずつ確実に、清大付属はゲインを切っていった。

＊＊＊

「……これじゃ、さっきのリプレイじゃんっ。どうしよう、瑞希！　ゴルゴに電話!?　あでも奴の携帯番号知らない!!」

「それはなし！　十五人で戦うことに意味があるんだよ、ズルは要らないのっ」

「でも、このままじゃっ……」

朝実がガクガクと揺すぶってくる中、瑞希は時計を見た。時間もじりじりとすぎていっている。この猛攻を凌《しの》ぎ切ったとしても、まだ央学は一点負けているのだ。

しかし、央学も粘り強く耐えていた。体を張って耐え抜く以外に本当に方法はないのだ、ここまできたら。

すると、思うようにゲインが切れないことに焦ったのか、清大付属がふいに戦法を変えた。

「あっ、ボールが出た！」

「外に展開!?」

天城が大きくパスをまわす。央学ディフェンスもなんとか反応した。フォワードがどこまでも走る。右サイドへの展開は叩き潰し、今度は左サイドへ稲妻《いなずま》のようなボールが飛んだ。清大付属の左ウィングを囮《おとり》に使い、ボールを持った天城が自ら走り込んできた。

「あぁっ……！」

瑞希は思わず悲鳴を上げた。

天城はそのまま、央学の防衛ラインを突き破った。一直線に、央学インゴールを目指して駆けていく。

「——逸哉君!!」

気がつけば瑞希は、他の誰でもない、逸哉の名前を強く呼んでいた。

逸哉は本当に走っていた。グラウンドの隅に立つフラッグポストを目がけるように、斜めに、まっすぐに。

「逸哉ぁっ、止めろォ!!」

観客席の誰かが、強く激しく叫ぶ。

天城のトライを防げるか——放たれた矢のように鋭い逸哉のタックルが、天城をタッチラインの外へ吹っ飛ばした。

しかし、それは、グラウンディングの一瞬あとだった。

清大付属、五点追加。

三十六対三十。

点差は六点に広がった。

「あぁっ、嘘っ……。トライ、決められちゃったよ……」

隣の朝実が、絶望したように声を漏らす。今度は瑞希が朝実の手を強く握って、こう言った。

「……まだ大丈夫、諦めちゃ駄目。ラグビーでは1《ワン》トライ1《ワン》ゴールで七点入るんだもん。まだ勝つチャンスはあるよ……！」

朝実に強くそう頷きかけ、瑞希はグラウンドにありったけの声援を投げた。

「諦めないで！　勝って――!!」

＊＊＊

「……マジか」

逸哉は、ジャージを払って非情なほどに綺麗《きれい》な青空を見上げた。

間に合ったと思った。

だが、中学三年生の時より成長しているのは自分たちばかりではなかった。天城もまた、強くなっていたのだ。

ここまできて、負けたら。

初めて、逸哉の胸にその思いがよぎった。

試合が終わればノーサイド。敵味方《あき》はないというのが、ラグビーの精神だ。

こんな理不尽なスポーツに、呆れるほどに全霊を懸けて打ち込む。そういう奴らと、心底から敵対なんかできない。

だけど、そう思うのに、逸哉はまだラグビーの神髄《しんずい》を理解していないのだろうか。本気で戦って勝てなかったらなんて、考えたくもなかった。

「……」

負けた俺を見て、彼女は泣くだろうか。

……いや、たぶん笑うな。

泣くのを堪《こら》えて笑う。よく頑張ったと優しく迎えてくれるだろう。ひょっとすると、あの時みたいに抱きしめさせてくれるかもしれない。

あの人のそういうところが、……たぶん好きだった。

だけど、勝って泣かせたい。

逸哉は、コンバージョンキックを蹴《け》る天城を見た。外せ。そんなことを神に願うのは初めてだった。練習ではいつだって真剣だったけど、試合でこんな風になにがなんでも勝ちたいと思ったことはこれまでなかった。祈りが通じたのか、それとも逸哉のタックルの影響もあったのだろうか。角度の悪いコンバージョンキックを、天城は外した。央学の命は、首の皮一枚で繋《つな》がった。

だが、もう時間がない。

隣を見ると、もう負けたような顔をしている恒生がいた。

「なあ、恒生」

「え？」

「おまえさ、サッカーとラグビー、どっちが好き？」

「今訊くかよ、それ……」

呆れたようにそう言って、恒生はやっと笑った。

「二度とそんなこと訊くんじゃねえ」

逸哉も笑った。まだ勝てる。そんなことを言うのはガラじゃないが、言葉にしなければ伝わらない仲間もいる。けど、言わなくても伝わる仲間がいるっていうのも悪くないよな。

するとと、恒生とは逆隣に立った龍之介が、にやっと笑って逸哉に声をかけてきた。

「でさ！　どう？　初めて真剣になった感想は」

「うるせえな。……凄《すげ》え面白えよ」

今度は龍之介と笑い合って、それから逸哉は言った。

「勝負かけるぞ。絶対俺から意識離すなよ」

「離したことねえよ」

「気持ち悪っ」

「うるせえ。……勝つぞ、逸哉」

「当たり前だ、龍之介」

そう応えると、真剣な瞳になって、逸哉は龍之介に背を向けた。


試合時間は、残り三分を切っていた。

攻撃権を渡したら終わる。

高く上がった逸哉のキックオフを、背の高いロックの英二が追った。激しい空中戦を、英二はギリギリで競り勝った。

英二が味方側に体を捻《ひね》った瞬間、ボールが地面に落ちた。肝《きも》が冷える。だが、笛は鳴らなかった。前ではなく、後ろに落ちたと判定されたのだ。

共に走り込んでいた真斗がすぐにボールを拾い上げるが、タックルで潰された。敵のかけてくるプレッシャーが速い。まさに猛攻。攻めているはずなのに、逆に攻められているかのような清大付属のディフェンスだった。パスが後方に放られるごとに、ゲインラインがじりじり下がっていく。

フォワードによる中央突破と、バックスによる大外への展開。それらを交互に組み合わせた逸哉が指揮する央学の攻撃を、一列にきっちりと並んだ一糸《いっし》乱れぬ清大付属のディフェンスが阻《はば》んだ。

横の展開が続く。もちろんこれはフェイクだが、天城も裏を読んでいる。

逸哉が最後にボールを預けて斬《き》り込ませるのは、いつでもチームの中でもっとも大きな信頼を置いている選手だ。——つまりは、逸哉自身だと。

蒼士が出したボールが、瞬間後ろへ下がった逸哉へ渡る。逸哉は一瞬パスを放るフェイントを入れた後で、大きくキックを蹴った。それは、右隅のフラッグポストを狙うような、高く大きなキックパスだった。

逸哉が一番信じている男。

それは、右サイドを切り裂く、央学の翼。

ウィングの龍之介だった。

声も、そして視線もなく、逸哉と龍之介が呼応する。

——決めろ、龍之介!!

＊＊＊

逸哉が蹴るより先に、龍之介は走り込んでいた。

一瞬、逸哉の背中が見える。

大丈夫だ、それ以上は考えなくていい。

ボールが逸哉の足を離れる瞬間、逸哉の位置を越えて龍之介は速く鋭く走った。

ラグビーグラウンドの上では、誰よりも速く鋭い。

龍之介はこの瞬間、自分をそうだと確信した。

瞳には、逸哉の蹴ったボールが落ちる着地点がはっきりと見えていた。

あいつが死ぬほど練習したキックだ。

絶対獲《と》ってトライを決める。

キックケアに残っていた清大付属のウィングが駆け込んでくる。

「……っ」

時間がゆっくり進むような、敵ウィングの吐く恐ろしいほど熱い息が耳元にかかるような、不思議な感覚があった。

敵ウィングと同時に、龍之介は地を蹴って飛んだ。

次の瞬間だった。ボールは、まるで自ら選んだかのように、見事に龍之介の胸元に落ちてきた。十五人の魂にも等しいボールを、両手でがっちりと摑《つか》む。コンマ一秒後、左のハンドオフで龍之介は敵ウィングを払い落とした。

「！」

この時になって、ようやく龍之介は悟った。この瞬間のために、このトライを獲るために、龍之介と逸哉は死ぬほど走ってきたのだ。この日、この連携のために、二人の今日までのすべてがあった。龍之介は、逸哉と自分を抱きしめたくなった。

天城が来る。しかし、間に合うはずはなかった。そのまま地面に倒れ込むように着地し、龍之介はグラウンディングを決めた。

――トライだ。

ホイッスルが鳴る。

一瞬間を置いて、観客席から割れるような歓声が鳴り響いた。

得点差、三十六対三十五。

＊＊＊

一点差。

試合時間はもうない。これが最後のワンプレイだ。

誰もが固唾《かたず》を呑《の》んで自分を見つめているのが、逸哉にもわかった。

このコンバージョンキックが成功すれば、この花園予選大会で、央学の優勝が決まる。

央学ラグビー部としては、実に二十年振りの快挙だ。

それがどれだけのことなのか、逸哉にはよくわからない。けれど、きっと誰もが喜ぶのだろうとは予測できた。

ただし――。

決まれば、の話だ。

逸哉は、青空を貫く白いゴールポストを見つめた。

角度は最低。でも関係ない。

ラストのコンバージョンキックに、会場全体が静まり返った。

逸哉は、悠然《ゆうぜん》とキックの位置を決めてティーを置いた。

プレースキック。

誰にも邪魔されない、逸哉の、逸哉だけの時間だった。

ティーに乗った楕円形《だえんけい》のそのボールを、逸哉は見つめた。

レフェリーが、背後でカウントを取っている。

＊＊＊

「……」

瑞希は、グラウンドの上にたった一人で立つ逸哉を見た。この場所にいるすべての人間が、天城圭吾でさえもが、逸哉を一心に見つめている。

「逸哉君っ……！」

もう——、逸哉は瑞希を探さなかった。逸哉の射るような瞳が捕らえるのは、あの真っ白なゴールポストだけだ。

そのまま、逸哉は数歩駆け、楕円形のボールを蹴《け》った。

清大付属の十五人が、懸命に逸哉に向けて走った。

しかし、逸哉には届かない。

青空のかなたへ向けて、楕円形のラグビーボールが大きな弧を描いていく。

大地の縛《しば》りを振り払うその美しく力強い軌跡が、まるで虹のように見えた。

あの虹の向こうには、——逸哉の、逸哉だけの世界が広がっている。

コンバージョンキックを決めた逸哉に、瑞希は何度も大きく手を振った。

涙が流れて止まらなかった。

どこまでも遠く高く飛翔していく逸哉の名前を、瑞希はただただ呼び続けた。

参考文献

「ラグビーへの招待」　虫明亜呂無　平凡社
「早稲田ラグビー　誇りをかけて」　日比野弘　講談社
「一所懸命　ラグビーは教育だ！」　中村誠　鉄筆（國學院大學久我山高校ラグビー部創部70周年記念出版）
「別冊ラグビー・マガジン春季号　早稲田ラグビー　栄光の青春群像」　ベースボール・マガジン社
「10代スポーツ選手の栄養と食事—勝てるカラダを作る！」　川端理香　大泉書店
「ラグビーを最高に面白く見る方法　疑問が解ける！　ツボがわかる！」　博学こだわり倶楽部　河出書房新社

謝辞

取材にあたり、たくさんの方々にお世話になりました。特にご尽力をいただきました、ラグビー高校（久我山高）・大学（早稲田大）・社会人（東芝）・現社会人チームコーチと、ラグビーに携わって50年の永遠のラガーマン　佐藤和吉様、取材にいつもご同行くださいました川口真寿美様、そして、お話を伺わせていただきました関係者の皆様に、この場を借りて心から御礼を申し上げます。

集英社オレンジ文庫をお買い上げいただき、ありがとうございます。
ご意見・ご感想をお待ちしております。

● あて先
〒101-8050　東京都千代田区一ツ橋2-5-10
集英社オレンジ文庫編集部 気付
せひらあやみ先生

集英社
オレンジ文庫

虹を蹴る

2019年9月25日　第1刷発行

著　者　せひらあやみ
発行者　北畠輝幸
発行所　株式会社集英社
〒101-8050東京都千代田区一ツ橋2-5-10
電話【編集部】03-3230-6352
【読者係】03-3230-6080
【販売部】03-3230-6393（書店専用）
印刷所　図書印刷株式会社

※定価はカバーに表示してあります

ISBN 978-4-08-680274-1 C0193